KB180922

너의 로스쿨

너의 로스쿨

드라마보다 더 드라마 같은 로스쿨 라이브

ⓒ 박재훈 2021

초판 1쇄	2021년 5월 20일
초판 2쇄	2021년 9월 17일

지은이	박재훈

출판책임	박성규	펴낸이	이정원
편집주간	선우미정	펴낸곳	도서출판 들녘
디자인진행	김정호	등록일자	1987년 12월 12일
편집	이동하·이수연·김혜민	등록번호	10-156
마케팅	전병우	주소	경기도 파주시 회동길 198
경영지원	김은주	전화	031-955-7374 (대표)
제작관리	구법모		031-955-7376 (편집)
물류관리	엄철용	팩스	031-955-7393
		이메일	dulnyouk@dulnyouk.co.kr
		홈페이지	www.dulnyouk.co.kr

ISBN	979-11-5925-641-7 (03810)

값은 뒤표지에 있습니다. 잘못된 책은 구입하신 곳에서 바꿔드립니다.

박재훈 지음

너의 로스쿨

드라마보다
더 드라마 같은
로스쿨 라이브

들녘

일러두기

이 책은 저자의 경험을 바탕으로 한 것이지만 등장하는 인물·로스쿨 등은 모두 가공의 것입니다.

예전에 한국 드라마, 미국 드라마, 일본 드라마의 차이를 설명하는 유머 글을 본 적이 있다. 한국 드라마의 특징은 어떠한 직업, 어떠한 주제를 다루든 결국은 사랑 이야기가 된다는 것이다.

이 원고를 쓰고 있는 현재, 로스쿨과 관련된 드라마가 나오지 않았지만 아마 나온다면 사랑과 감동을 주는 오글거리는 그런 드라마가 되지 않을까 싶다. 최근 드라마 트렌드인 미스터리적인 요소를 추가하는 것도 예상할 수 있다.

더 구체적으로 예측하자면 주인공은 여자이고 흙수저로 등장할 것이다. 하지만 불우한 시절을 극복하고 정의로운 법조인이 되기 위해서 노력한다. 돈 많은 엘리트 법조인 가문의 자식인 라이벌 학생도 등장한다. 라이벌 학생은 차갑게 생겼지만 무척 예쁘다. 라이벌이 좋아하는 엄친아 남학생이 있는

데, 그 남학생은 흙수저인 여자에게 호감을 느끼는 삼각관계를 형성할 것이다.

교수 역할 중에서는 권위적이고 엄격한 남교수가 나올 것이다. 꼭 이런 남교수의 연구실은 클래식이 흐른다. 드라마가 진행되면서 이런 엄격한 모습이 결국 학생들의 성장을 위한 것이었다고 밝혀질 것이다. 이와 반대되는 역할로 아마 사회적 약자에게 무료 법률상담 봉사를 하는 여교수가 나올 것이다. 학생들에게 멘토가 되어주는 교수 역할을 할 것이다. 에피소드도 대충 예상된다. 어쩌면 주인공이 열심히 공부한 노트나 책이 사라질지도 모른다.

드라마가 현실을 굳이 반영해야 할 필요는 없다. 청춘 시트콤 〈논스톱〉 속의 대학생활이 현실과 전혀 다르다는 걸 모르는 사람은 없을 것이다. 나는 단지 로스쿨의 현실을 제대로 알려주고 싶어 이 글을 쓴 이유도 있지만, 드라마에서는 담을 수 없는 현실에서의 로스쿨이 드라마보다 더 드라마 같기에 이 글을 쓰는 것이다. 특별한 사람들로 화려하게 꾸며진 이야기보다 일상을 살아가는 사람들의 솔직 담백한 이야기가 때로는 사람들에게 더 큰 공감을 불러일으키기도 한다.

글을 쓰기로 마음을 먹었던 때 예상 독자를 생각해보았다. 선배 변호사들에게는 추억을, 재학생들에게는 공감을, 로스쿨 입학 준비생에게는 좋은 지침서가 될 것이다. 아직 법조계와 관련이 없는 독자들에게도 그 어떤 책보다 법조계를, 적어도 로스쿨을 제대로 알 수 있게 해주는 책이 될 것이다. 어쩌면 인간에 대한 통찰력도 주지 않을까 내심 기대한다.

책의 구성은 입학부터 졸업 시까지 시간 순으로 각 시기마다 로스쿨과 관련된 정보를 포함하여 이야기가 진행된다.

나는 이 글보다 더 로스쿨을 정확하게 알려주는 것이 있다면 법조계를 시작도 하기 전에 은퇴하겠다고 할 정도로 자신이 있다. 로스쿨의 민낯을 너무 적나라하게 표현했다고 이미 법조계에서 매장당해 있을지도 모르겠지만 말이다.

끝으로 늙고 병들어 쉬어야 함에도 자식의 학비를 위해 일을 그만두지 않고 밤새 화물 운전을 하신 아버지에게, 그리고 수천만 원의 학자금 빚을 지고 매일 밤 불합격의 악몽 속에 떨며 학자금 이자라도 갚고자 이 글을 쓰던 나를 잊지 않고 다시 찾아와준, 이제는 변해버린 먼 훗날의 나에게 감사드린다.

수고했어, 고마워.

2021년 3월.

변호사 시험 합격 발표를 앞에 두고.

차례

로스쿨
전야

로스쿨 입시 지옥
_주옥같은 학벌주의

"한성용 님 피안대(가명) 로스쿨 합격을 축하합니다."

이 문자를 받았을 때의 기쁨을 어떻게 표현할 수 있을까. 비록 인서울 대학이지만 로스쿨이 없는 법대를 나와 입시에 좋지 못한 평가를 받는 대학 졸업생으로서 4수 만에 합격했으니 말이다. 하지만 주변의 시선은 그렇게 곱지만은 않은 것 같다. 친척들은 지사립 로스쿨*이 아닌 적어도 지거국 로스쿨을 가는 게 나을 것 같으니 다시 한 번 준비하는 게 어떻겠느냐

---

* 로스쿨은 '스카이(서울, 연세, 고려), 인설대형(성균관, 한양, 이화여대), 인설미니(건국, 서울시립, 중앙, 한국외대, 인하, 아주, 경희, 서강), 지거국(전북, 전남, 부산, 경북, 충남, 충북), 지사립(영남, 원광, 동아, 강원, 제주)으로 분류할 수 있다. '스를 따로 분류한 것은 카이와 동급 취급할 수 없을 정도의 차이가 있기 때문이며, 크게 다섯 종류로 나눈 것은 입시 결과에 따른 학생들의 구분이다. 그리고 분류 내 학교 이름 순서는 그냥 생각나는 대로 적은 거다. 이 순서 가지고 서열을 논하면서 딴지 걸지 말자.

고 물어 온다. 그들은 실상을 모르면서도 자신이 겪어보지 못한 고통을 쉽게 말하는 것 같다. 로스쿨 입시는 그들이 생각하는 것처럼 더 준비한다고 되는 게 아니다.

로스쿨의 입시에서 평가 항목은 ①학점, ②어학시험 성적, ③leet(법학적성시험) 그리고 ④면접, ⑤정성평가* 요소로서 봉사활동, 사회경력, 전문자격시험 합격 경험 등이 있다. 보이지 않는 요소로는 나이와 학벌이 있다. leet는 법학전문대학원 교육에 필요한 기본 능력과 소양을 측정하는 시험으로, leet에 대한 별도의 시험 준비를 하지 않더라도 적성평가의 특성상 고득점할 수도 있으며, 열심히 준비해도 오히려 성적이 계속 떨어질 수도 있는 시험이다.

그중 가장 파괴력 있는 요소는 대학 간판 즉 학벌이다. 물론 우리 사회는 학벌주의를 사회 문제로 보기에 대학 간판에 따른 차등 평가를 명시적으로는 부정하지만 4년의 입시 경험상 학부의 학벌을 보지 않는 학교는 손에 꼽을 만하다.

웃기지 아니한가. 정의, 인권, 공익 운운하며 시국 선언을 하는 교수들이 대외적으로는 학벌에 따른 차등 평가를 부정하면서도 내부에서는 한 방에 모여 학생들의 학벌에 따라 차

---

* 정성평가는 문제에 답이 명확하게 존재하지 않아 점수가 주관적으로 매겨질 수 있는 평가이다.

등적으로 평가하는 모습이⋯. 물론 그들은 말한다. 학벌 좋은 학생들이 많이 지원한 결과 그들의 합격 비율이 높아져 그렇게 보이는 것이라고⋯. 과연 그럴까?

적어도 로스쿨 준비를 한 번이라도 해본 사람은 알 것이다.

학부 출신에 따라 갈 수 있는 로스쿨은 대략 정해진다. 학점은 고고익선이다. 다만 미용학과 같은 법학과 거리가 먼 학과는 고학점을 인정받지 못하는 경향이 있다. 결국 남는 것은 주요 정량평가 요소인 어학시험 성적과 leet이다. 하지만 로스쿨은 한글을 잘 읽고 이해하여 변호사시험을 합격할 자를 뽑는 시험이지 영어를 잘하는 국제적 인재를 뽑은 대학원이 아니다. 단지 학점을 장기적 노력평가 요소로 본다면 영어시험은 단기적 노력평가 요소로 본다. 이 또한 부유한 부모를 만나 유학을 갔다 온다면 단기적 노력평가 요소로도 보기 힘들기에 실질적으로 크게 비중을 두는 대학은 별로 없다.

그렇다면 중요한 정량평가 요소는 leet인데 이는 적성시험의 특성상 공부를 한다고 성적 향상이 보장되는 시험이 아니다. 입시에서 만난 어떤 분은 3학년 때 경험 삼아 시험 본 성적이 가장 좋았으며, 그 후 학원을 열심히 다니며 공부를 했는데도 4년 연속 내리막길로 떨어졌다고 한다. 그분은 처음 입시를 준비할 당시에는 지거국도 거들떠보지 않았으나 이제 지사립도 가지 못하는 성적이다.

　나 또한 다르지 않다. 3년 동안 준비해도 성적은 그대로였으니까. 나 역시 처음에는 지거국을 생각했지만 이제는 지사립으로도 만족한다. 사실 어느 학교를 나온 변호사가 되는가보다 어떠한 변호사가 되는가가 더 중요한 게 아닌가 생각한다. 적어도 이러한 입시 지옥을 1년 더 겪고 싶지 않다. 처음에 같이 입시를 준비하던 학생들이 변호사가 되는데도 계속 입시 준비를 하다니 끔찍하지 않은가.

　끝으로 입시준비생에게 입시 팁을 세 가지 주자면 우선 첫 번째로, 여러분이 얼마나 정의로운지, 착한지, 공익스러운지(?)는 유의미한 평가 요소가 아니다. 입시생들은 드라마, 영화, 책들을 통해 정의, 인권, 공익을 위한 변호사를 꿈꾸어왔으나, 교수들은 이들이 과연 변호사시험을 합격할 수 있을까에만 주목한다. 그 이유는 이 책을 읽으면서 자연스럽게 알게 된다. 면접 때도 마찬가지다. 면접에서 공익·인권·정의 운운하기보다는 자신이 변호사시험을 합격할 수 있다는 점을 보여주자.

　두 번째로, "느그 아부지 뭐하시노?"라는 평가 요소는 없다. 걱정하지 마시라. 적어도 이제 이 부분에서만큼은 공정하다. 교수들은 이 영역이 조금이라도 잘못해서 사회에 공개된다면 그 파장이 어마하다는 것을 안다. 그리고 아버지의 직업이 아들의 변호사시험 합격과 직접적으로 관련되어 있지 않다는 것도 안다. 호부견자(虎父犬子: 호랑이 아비에 개의 새끼)라는 말도 있지 않은가.

마지막으로, 특성화 교육과 엮어 '억지로' 자기소개서를 작성하지 말길 바란다. 이는 특성화 교육 챕터에서 자세히 다룬다.

여하튼 난 이러한 입시 지옥에 빠져 나왔으니 입시를 준비하는 독자가 있다면 건투를 빈다. 어쩌면 이 책을 보고 지레 질려서 로스쿨 입학을 포기할지도 모르겠지만….

○

프리 로스쿨
_전초전

프리 로스쿨이란 변호사시험 합격률 감소로 변호사시험 경쟁이 치열해짐에 따라 미리 입학 전에 행하는 선행학습을 말한다. 이는 학교 차원에서 그리고 개인 차원에서 이루어진다. 학교 차원에서는 한 강의실에 모여 유명 인터넷 강사의 기본 강의를 듣게 하거나 조문 베껴 쓰기 같은 최악의 프리 로스쿨 과정을 둔 로스쿨도 있었으나, 최근에 학교 차원에서는 OT 및 대학원 학사과정만 설명할 뿐 개인의 자율적 준비에 맡기는 추세를 보인다.

학생들 중 독학하는 사람은 보지 못했으며, 대부분 학원에서 현장 강의를 듣거나 인터넷 강의를 듣는다. 통상적으로 민법을 먼저 공부하게 된다. 혹시 헌법이 가장 상위법이니 헌법을 먼저 들을까 생각하는 사람이 있을지도 모르나, 수험 법학*의 시작과 끝은 민법이다. 민법의 법리를 통해서 법학적 사고를 알 수 있으며, 민법의 법리를 알아야 다른 법학의 법리를 이해할 수 있다. 민법을 잘하지 못하면 수험 법학을 잘할 수 없다. 실질적으로 변호사시험 과목 7법 중에서 30%의 비중을 차지한다고 할 수 있다.

학원 강의도 민법 강의로부터 시작되며, 학교에서도 1학년 1학기 민법 과목을 두 과목 이상 수강하도록 전공필수로 지정한다. 민법이 방대한 분량을 차지하는 만큼 학원 수강료도 비싸다. 수강료는 100만 원 내외이며, 100강에서~120강 정도로 강의가 구성된다. 민법 강사는 타 과목에 비해 수도 많으며, 그중에 일타 강사도 존재하는데 나는 일타 강사의 수업을 듣는다. 여태껏 법학을 공부해본 적 없는 생비법**은 강의를 들으며 머리가 아플 정도로 어려울 때도 있지만 변호사시험이 갈수록 어려워지기에 아침 8시부터 밤 11시까지 공부 계획을 짜고 프리 로스쿨 과정을 시작한다.

로스쿨 학교는 합격자를 대상으로 오리엔테이션(OT)을

---

* 법학을 학문으로만 공부하는 것이 아닌 법학의 정도와 권모술수(예컨대, 두문자: 중요한 문장이나 단어의 앞글자만 암기하여 실제 시험 시 앞 글자를 토대로 연상하는 방법)를 적절히 이용하여 오로지 시험 합격을 위해서 공부하는 법학을 의미한다.
** 로스쿨 입학 전까지 법학을 공부해본 적이 없는 학생을 말한다.

진행한다. 나는 오티에 대한 기대감에 전날 잠을 설쳤을 정도로 기대'했'다. 오티에서 처음으로 3년 동안 같이 공부할 동기들과 원장 그리고 학생회 선배들을 만난다. 오티는 대학원 원장의 발언으로 시작되는데, 면접 때까지만 해도 그렇게 높아 보이던, 합격만 시켜주면 절이라도 할 것 같던 교수에 대한 실망이 여기서 시작되었다.

로스쿨 원장 이원성 교수는 말한다.

"입학을 축하합니다. 알다시피 변호사시험이 갈수록 어려워지고 있습니다. 그리고 우리 피안대는 합격률이 좋지 못합니다. 이러한 상황에서 합격률을 높이기 위해 노력해야 하나 다른 교수들은 무관심입니다. 그러니 여러분이라도 열심히 준비해야 합니다.

학교 입장에서는 많은 지원을 하고 싶지만 학교는 돈이 넉넉지 못합니다. 엎친 데 덮친 격으로 우리 학교에는 소득분위상 가난한 학생들이 많이 입학하여 장학금도 제대로 지급하기 힘듭니다. 물론 장학금 지급률이 높다고 홍보하고 있으나, 원래 다 속고 속이는 것 아니겠습니까. 여러분도 자기소개서에서나 면접에서도 공익과 인권을 생각하는 뛰어난 인재로 표현하지만 저는 그런 인재를 본 적이 없네요, 하하.

그리고 제가 원장으로서 여러분의 의견을 다 수용하려고 노력하겠지만 들어줄 수 없는 요구 사항이 두 가지 있습니다. 건물 내부에 샤워장을 설치해줄 수 없는 것과 학원 강사를 학교에 불러들일 수 없습니다. 어디 감히! 학원 강사 따위가 대학원에 들어와서 강의를 합니까! 그리고 강사 저를 읽지 말고 교수 저를 읽으세요! 대학 박사학위를 받은 교수들이 쓴 훌륭한 교수 저를 읽어야 변호사시험에 합격합니다. 법을 정통적으로 공부한 적이 없는 강사의 조잡한 잡서 따위를 읽으니 변호사시험에 떨어지는 겁니다. 여러분은 선배들의 우를 반복하지 말기를 바랍니다."

　　이 말을 들은 순간 그렇게 높아 보이던 법대 교수가 허접하게 느껴졌다. 학생들에게 희망을 주기보다는 장학금 줄 돈이 없다는 학교 내부 사정을 왜 이렇게 푸념하듯이 말하고, 강사들을 폄하하며 학교에 불러들이려 하지 않는 모습이 강사들에 대한 치기 어린 질투 같았다.

　　그 후 학생회 임원들의 설명이 있었다. 학생회도 인상적이었다. 그중 2학년 대표인 이동혁 선배는 현란한 푸른색 코트를 입고 왔는데 그 눈빛이 예쁜 후배를 스캔하러 온 하이에나 같은 인상을 풍겼다. 아니나 다를까, 그는 후배 즉 우리 동기

중에 후한 외모 평가점을 받는 이미지 학생을 여자친구로 만들게 된다. 이 둘은 나중에 다시 나온다.

그 뒤로 이어진 김민현 학생회장의 말은 친절하게 다가왔다. 기숙사나 원룸 등과 같은 주거 시설의 특징, 식사 해결 방법 그리고 학사 과정을 설명해준 다음, 원장님의 말은 너무 의미 있게 듣지 말라고 부언했다. 원장이 강사를 싫어하는 건 그분이 독일의 혹독한 겨울을 겪으며 박사학위를 받은 반면, 강사는 그러한 독일의 겨울을 겪지 못한 것 때문이라고 했다. 이 학생회장의 이야기도 재미있는데 추후에 설명하겠다.

이때 처음 보는 동기들은 지방대 로스쿨의 특징상 연령대가 다양했다. 많게는 오십대도 있었으며, 적게는 갓 대학교를 졸업한 이십대 초반의 학생들도 있었다. 이렇게 다양한 연령대와 특성을 지닌 학생들과 너무도 '흥미'로운 로스쿨 생활을 하게 될지 그때 나는 몰랐다.

그 후로 개학까지, 아침부터 저녁까지 월화수목금토일 오로지 공부만 한다. 이렇게 해도 민법을 제대로 이해하기란 힘들었다. 민법 기본서만 해도 한 페이지마다 글자가 빽빽한데 분량이 2천 페이지가 넘는다. 예전에 인터넷 게시판에서 법전의 두께가 흉기에 버금간다는 유머 글을 본 적 있는데, 지금 보니 납득이 간다. 해당 법학의 전 범위를 한 번 다 보는 것을

1회독이라고 한다. 선행학습 때 민법만 제대로 1회독해도 성공으로 치는데 헌법, 형법, 민법의 기본 3법을 모두 선행학습한 후 입학하는 사람들은 정말 대단하다고 하지 않을 수 없다. 과연 동기들은 얼마나 많은 선행학습을 하고 입학했을지 은근히 경쟁심이 발동하면서 입학이 기다려졌다.

1학년
1학기

1학년 1학기의 커리큘럼
_변호사시험 평가 방법, 한 끗 차이

1학년 1학기 커리큘럼을 파악하기에 앞서 변호사시험의 평가 과목을 알아야 한다. 변호사시험은 크게는 세 개의 법 영역을 세 가지 방법으로 평가하게 된다.

세 개의 법 영역이란 민법과 민사소송법과 상법을 합한 민사법, 형법(형사특별법 포함)과 형사소송법을 합한 형사법, 헌법과 행정법을 합한 공법으로 분류되며, 추가로 각자의 희망 분야에 따라 선택과목*을 정해서 시험을 치게 된다.

평가 방법으로는 선택형, 사례형, 기록형이 있다.

---

* 노동법, 지적재산권법, 경제법, 조세법, 국제거래법, 국제법, 환경법으로, 타 직역 전문시험 정도의 지식이 아닌 기초적인 지식만 있는지 확인할 정도로 공부량이 매우 작다. 법철학의 경우 사법시험 시절에는 평가 과목이었으나, 실무 중심의 로스쿨 교육 취지상 제외되었다.

선택형은 '오지선다'에서 정답을 고르는 평가방법이며, 사례형은 2시간 또는 3시간 30분 동안 주어진 사례를 보고 쟁점을 판단한 후 그 쟁점에 대한 일반론을 적시하여 그것이 사안을 잘 포섭했는지를 평가하는 방법이다.

기록형은 40페이지에서 50페이지 분량의 서면을 준 후 2시간 내지 3시간 동안 변호사의 입장에서 실제 소장과 같은 서면을 제대로 작성할 수 있는지를 평가하는 방법이다. 이는 사법시험 시절에는 없었던 평가방법으로, 사법연수원의 연수 과정에서 평가하는 방법이었다. 그러나 사법연수원 제도가 폐지됨으로써 실무능력을 판단할 수 있는 평가를 로스쿨 제도에 투영시킨 것이다. 이러한 평가를 5일 동안(중간 휴식일 포함) 아침부터 저녁까지 치게 된다.

1학년 1학기 커리큘럼에서는 기본 3법 중 앞 단원을 배우게 된다. 형법의 경우 형법총론을, 헌법의 경우 헌법총론, 민법의 경우 민법총칙 및 채권총론을 배운다. 처음에 총론, 총칙이라는 말을 들으면 헷갈릴 수 있는데 각 법학마다 주류 학자들이 분류한 방식으로 보면 된다. 수학 공식을 예로 들면, 통상 $A \times (B+C)$에서 A는 각 영역에서 공통된 부분을 추출한 것으로 총론이고 B, C는 각각 서로 공통되지 않는 부분으로 각론을 의미한다.

피안대 로스쿨의 1학년 1학기 커리큘럼은 기본 3법의 기초 영역을 배우며 대개 전공필수가 많다. 전공필수는 모든 학생이 수강해야 하는 과목인데, 같은 과목이라도 담당 교수가 여러 명이다. 민법총칙 과목의 경우 이중원 교수와 이정미 교수가 가르친다. 이중원 교수는 고시 합격 출신으로 강의 실력도 웬만한 학원 강사보다 더 출중하기에 다수 인원이 몰린다. 이정미 교수도 젊은 교수로 열정적으로 가르친다. 두 교수 모두 장단점이 있기에 두 교수의 수강 비율은 비슷하다.

　형법의 경우는 극단적으로 갈린다. 학생들의 건의로 강사 저로 수업하는 홍성근 교수의 강의가 다수 강의가 된다. 극소수의 인원들이 다른 교수의 강의를 듣는다. 소수 강의 교수는 학생이 적으니 더욱 면밀히 신경써줄 수 있다고 소수 강의의 장점을 말한다. 적어도 전공필수 중 소수 강의에 관한 한 개소리다. 좋은 거 하나 없다. 없으니깐 수강 신청에 실패한 학생들이 결국은 전공필수라서 들어야 하기에 울며 겨자 먹기 식으로 신청하여 듣는 것뿐이다.

　헌법의 경우 과거 로스쿨 원장 경험이 있는 허경태 교수 강의를 신청했다. 원장 경험이 있어서인지 허경태 교수는 첫 수업 시간에 학생들에게 좋은 덕담을 해주었다.

"신입생 여러분 반갑습니다. 저는 헌법을 가르치는 허경태 교수입니다. 신입생들을 보니 저도 기운이 납니다. 매년 많은 학생들을 보내고 많은 새로운 학생들 만나게 됩니다. 그리고 제가 조금이라도 더 열심히 했다면 한 명이라도 더 합격시켰지 않았을까 후회도 하게 됩니다. 이번 학기 수업은 작년보다 더 열심히 하겠다고 저는 여러분께 약속드릴 수 있습니다. 그러니 여러분도 어제보다 조금이라도 열심히 하여 점차 나아지는 모습을 보여주셨으면 좋겠습니다.

시험에 떨어진 선배들은 항상 저에게 이런 말을 하곤 합니다. 한두 문제만 더 맞혔다면 합격했을 텐데, 한 달 아니 일주일만이라도 더 열심히 했으면 한두 문제를 맞힐 수 있었을 텐데, 그때 여행 안 갔으면, 술 먹으며 놀지 않았으면 됐을 텐데 한 끗 차이로 떨어져 후회한다고 말이죠.

하지만 여러분 명심해야 할 것이 있습니다. 그 한 끗은 끝이 아닌 시작입니다. 모든 변호사시험 응시생들이 이 한 끗 앞까지는 옵니다. 그러나 절반은 그 한 끗을 넘어서지 못하는 겁니다.

그 한 끗을 넘는 건 일주일, 한 달이 아닌 여태껏 살아오면서 몸에 배긴 성실함입니다. 3년이라는 시간은 '늦게나마' 그 한 끗을 넘을 수 있는 성실함을 만드는 것입니다. 명심하세요, 3년이라는 시간은 결코 길지 않습니다.

그러니 지금이라도 어제보다 더 나은 오늘을 위해 부단히 노력하길 바랍니다. 단 1분씩이라도 어제보다 공부를 더 할 수 있는 그런 성실함이 몸에 배이도록 노력한다면 3년 뒤엔 그 한 끗 앞에서 그 한 끗을 넘고 합격하게 될 겁니다."

연륜이 담긴 교수의 개강사에 모두가 숙연해짐을 느낄 수 있었다.

전공필수 외 전공선택의 경우 로스쿨 입시 과정에서 법철학에 관심을 가지게 되어 법철학을 수강 신청했다. 법철학은 법의 효력, 목적, 타당성 등 근본 원리를 탐구하는 법학이다. 로스쿨 입시 중 면접평가에서 시사 이슈나 딜레마 문제를 자주 내는데 이러한 문제를 해결하기 위한 기본 지식이 법철학이라고 볼 수 있다. 대표적인 딜레마 문제는 어디선가 들어봤을 것 같은 기찻길 선택 문제로, 고장난 기차의 갈림길에서 하나뿐인 아들의 생명과 다수의 알지 못하는 사람들의 생명 중 하나를 선택해야 한다면 어떠한 이유로 어떤 선택을 할 것인가를 들 수 있다.

내가 법학에 관심을 가지게 된 것도 법철학에서 논의되는 딜레마 문제에 대한 여러 학자들의 논의가 흥미 있었기 때문이다. 물론 로스쿨은 실무가를 배출하기 위한 제도이기에 취지상 법철학은 변호사시험과 관련이 없는 수업이다. 단지 난 미간에 손을 대고 고민하는 로댕의 생각하는 사람처럼, 법과 정의를 진지하게 고찰하고픈 낭만에 법철학을 신청했다. 그리고 다음 학기에는 그런 낭만 따윈 잊게 된다.

○

교수 저 vs 강사 저
_독일의 혹독한 겨울

일상에서 두 가지 중 하나를 선택해야 하는 경우가 많다. 짜장면 vs 짬뽕, 찍먹 vs 부먹, 보수 vs 진보 등등. 로스쿨에서 변호사시험을 준비하면서 신입생들이 많이 하는 고민 중 하나가 처음 기본서를 구매할 때다. 기본서란 수험 법학을 시작하면서 접하게 되는 책으로, 변호사시험에 출제되는 시험 내용이 진도에 따라 모두 담겨져 있는 책을 의미한다. 로스쿨에 입학함과 동시에 교수 저를 사야 하는지, 강사 저를 사야 하는지 선택의 갈림길에 선다. 이러한 대립이 있는 것은 각각 장점과 단점이 있기 때문이다.

교수 저의 장점은 법학의 한 분야에 정통한 교수가 '자신의 관점'에서 논리 정연하게 법학을 설명한다는 것이다. 따라서 차근차근 읽다 보면 법리를 이해하게 되어 휘발성 강한 법학에서 법리를 까먹지 않고 오랫동안 기억할 수 있다. 이는 정말 방대한 수험 법학에서 큰 장점이다. 그뿐만 아니라 변호사시험 출제위원은 강사가 아닌 교수다. 사실, 실제 시험에 출제되는 문제는 출제위원인 교수의 교재에 근거하는 경우가 많다.

하지만 이러한 교수 저에는 단점이 많다. 우선 친절하지 않다. 불친절은 교수의 마지막 자존심이다. 친절하게 설명되어 있으면 강사 저 느낌이 나는 모양인지, 교수들은 그런 친절함을 인정하지 않는다. 따라서 쉽게 알아볼 수 있도록 학생 자신이 손수 정리해야 한다. 또한 자신에게 맞는 교수 저를 고르더라도 자기가 다니는 학교에서 그 교수 저로 수업한다고 장담할 수 없으며, 그럴 경우 강의 지원이 되지 않는다. 선택형 시험 방식이 독일 법학에는 없는 평가방식이라며 무시하는 교수 특성상 교수 저는 변호사시험의 선택형 준비에 적합하지 않으며, 게다가 시험에 잘 나오는 부분과 나오지 않는 부분에 대한 강약 조절이 되어 있지 않아 분량이 너무 많다. 교수의 입장에서는 자기 과목 법학이 가장 중요하기에, 분량에 대해서 크게 고민하지 않는 점도 한몫했다. 해당 법학뿐만 아니라 7법을 모두 공부해야 하는 형편상 교수 저는 부담이 될 수 있다.

이에 반해 강사 저의 장점은 강의 지원이 되며, 매년 개정판이 나오는 것이다. 그리고 기출 표시와 강약 조절이 되어 있다. 그뿐만 아니라 해당 강사가 서술한 수험 법학에 필요한 교재*가 시리즈별로 잘 구비되어 있다. 시험을 위한 단권화 작업**을 수월하게 할 수 있다. 그러나 강사 저의 단점은 교수 저보다 양이 적은 대신 그만큼 논리가 절단되어 강의 지원 없이는 해당 법학을 제대로 이해하기 힘들며, 강의 수강비용이 많이 든다는 점이다.

　이러한 강사 저의 단점에도 불구하고 대세는 강사 저로 굳어가고 있다. 해마다 합격의 문턱이 높아지고 있는 상황***에서 보다 수험 적합적인 교재가 필요하게 되었고 사법시험 시절 때부터 학원 강의를 통한 합격이 대세였기에 굳이 비주류인 교수 저를 택할 필요가 없기 때문이다. 도제식 교육을 지향하는 로스쿨 제도에서 사법시험 시절 때와 같이 여전히 학원 강의를 통한 법조인 양성이 이루어지고 있는 점은 아이러니라고 하지 않을 수 없다.

---

* 　객관식 문제집, 사례집(사례 문제집), 기록형 문제집, 최신 판례집, 파이널 교재, 핸드북 등등.
** 　사법시험 시절부터 유행한 공부 방법으로 해당 과목 시험 전날에 해당 과목 전 범위를 다 읽어볼 수 있게 한 권의 잘 정리된 책을 만드는 것을 말한다.
*** 　커트라인은 1회: 720점, 2회: 762, 3회: 793, 4회: 838, 5회: 862, 6회: 889, 7회: 881, 8회: 905, 9회: 900점이다. 합격자 수를 늘려주지 않는 한, 합격은 과거보다 더 어려워진다.

피안대 로스쿨에서 전설적으로 내려오는 이야기가 있다.

수업 중 참고하기 위해 평소 보던 강사 저 기본서가 교수 눈에 띄자 교수는 이런 말을 했다고 한다.

"감히 신성한 로스쿨 수업 중에 법도 모르는 강사 따위가 만든 책이 보여? 나 때는 말이야, 책 하나 쓰려면 스승님께 허락받고 목숨을 바쳐 쓰곤 그랬는데. 흠… 저런 책은 법학에 도움이 안 돼. 학생들 내 책을 봐. 내가 목숨을 걸고 독일 박사 학위를 받아 와서 쓴 논리 정연한 책을 보란 말이야. 시험에 떨어져 강사나 하는 나부랭이가 법을 뭘 안다고 책을 쓰는지, 나 참."

학생은 담담히 말한다.

"교수님, 이 강사는 시험에 합격한 변호사입니다."

교수는 당황한다. 이내 감정을 추스리고 말을 이어간다.

"법학과 같은 깊이 있는 학문의 책을 쓰기 위해서는 박사 학위를 받을 정도의 깊이 있는 공부가 필요하네. 강사는 박사 학위를 받는 데 실패해서 신성한 대학 강단에 서지 못하고 학원가를 배회하는 가여운 존재들이지…."

학생은 교수가 말을 마치기 무섭게 대꾸한다.

"교수님, 이 강사도 박사학위 있습니다."

교수는 몹시 당황한다. 교수의 얼굴이 빨개진다. 정적이 흐르지만 이내 교수는 뭔가 반박할 거리를 찾았는지 다시 말을 잇는다.

"시험이란 건 모든 법을 깊이 있게 이해하지 않고 얕게 공부해도 합격할 수 있는 거네, 이 강사는 학원에서 오직 시험을 위한 강의만 해서 법학을 깊이 있게 가르쳐주지 못해."

이 학생은 다시 반박한다.

"교수님, 저희는 깊이 있는 법학을 배우기 위해 로스쿨에 온 게 아니라 시험에 합격하여 실무가인 변호사가 되기 위해 왔습니다."

이 학생은 아마도 나와 기수 차이가 많이 나는 대선배일 테지만, 지금쯤 훌륭한 변호사로 성장했을 것 같은 느낌이 든다.

이 말을 듣자 교수의 얼굴은 빨개지다 못해 연기가 나는 듯하다. 그러곤 침을 튀기며 흥분하며 말을 한다.

"자네 이름이 뭔가! 허허, 학생! 법조인이 되기 전에 사람이 먼저 되어야 하네! 사람이 먼저야 먼저! 사람이 되고 나서 법조인이 되어야 해. 자네의 부도덕한 말대꾸를 보니 법조계의 미래가 어둡구만. 내가 사법 적폐를 양산하고 있는 건 아닌지 자괴감도 드는군, 허허."

그렇게 말하고는, 교수는 싸한 분위기를 전환하려고 수업을 계속해나간다. 수업이 끝나고 교수가 퇴장한 뒤 그 학생은 책을 싸며 혼잣말을 내뱉는다.

"내 나이 사십이나 먹고 도덕을 배우기 위해 돈 천만 원을 낸 게 아닌데…"

이제는 변호사시험 경쟁이 치열해지고 분위기도 변하여, 강사 저로 수업을 듣는다고 이런 일은 일어나지 않는다.

하지만 적어도 민법의 경우에는 김모 교수 저의 민법 강의가 대세로 보인다. 민법의 영역은 방대하며, 강사들도 김모 교수 저를 교재로 하여 수업을 하는 경우가 많다. 교수 저이지만 강사 저처럼 잘 정리되어 있기 때문이다. 여담이지만 민법 교수들 사이에는 김모 교수 저의 민법 교재가 학원 강사가 만든 잡서 같다며 조롱과 비판을 한다고 한다. 하지만 그런 면에서 오히려 더 신뢰가 간다. 나도 민법의 경우 김준호 저의 민법 강의를 기본서로 하여 학원 강의를 들었는데 다행히 학교 수업에서도 이 교재를 사용했다. 이 교수 저를 선택한 이유 중 하나는 그래도 한 과목 정도는 교수 저로 공부해보고 싶기 때문이었다.

마지막으로, 교수 저의 장점이 또 하나 있다. 교수 저는 뭔가 있어 보인다는 점이다. 쓸데없이 두꺼운 분량에 하드커버 그리고 큼지막한 한자가 적힌 표지가 자신을 법을 정통적으로 공부하는 사람처럼 보이게 한다. 실제로도 학생 시절에는 강사 저만 주구장창 봤을지라도 변호사가 되면 예전에 보지도 않았던 교수 저들만 개인 사무실 책장에 인테리어용으로 꽂아놓는다. 이런 변호사들의 의중은 이해가 간다. 변호사 사무실을 찾은 의뢰인들이 보기에 책장에 "민법 때려 박기: 민법 30일 정복 마무리체크"라는 제목의 얇은 책보다 "民法原論"이라는 큰 글자가 박힌 책이 꽂혀 있다면 더 신뢰가 갈 것이기 때문이다.

나도 선배 변호사의 조언에 따라, 합격 후 사무실 인테리어용으로 두기 위해 원우들이 교수들의 말을 믿고 샀다가 팽개쳐버린 교수 저를 몇 권 챙겨놓았다. 선배 변호사는 요즘은 교수 저도 한글로 바뀌는 추세이니 한자로 적힌 구판을 구해놓으면 더 좋을 거라고 귀띔한다.

이러한 교수 저냐 강사 저냐라는 논쟁에서 잊지 말아야 할 것이 있다. 어느 교재로 공부하든 제대로 한 책을 잘 정리해 반복해서 읽으면 합격을 하는 데 문제없으며, 오히려 최악은 강사 저든 교수 저든 여러 책을 변경하는 경우다. 남의 떡이 더 커 보인다는 말도 있듯이, 자기가 보고 있는 책으로 충분히 합격할 수 있다는 확신을 가지고 공부를 해야 한다. 마치 목수가 연장을 탓하듯 자기가 대충 공부하여 성적이 저조한데 교재를 탓하고, 주위에 우수한 성적의 동기가 보고 있는 책이 더 나을 것 같다고 하여 바꿔서는 안 된다. 이러한 자기 확신도 수험 법학에서 필요한 덕목 중 하나다.

○

로스쿨 문화생활
_예절, 동아리, 동문회, 경연대회

로스쿨도 학부와 같이 동아리가 있다. 과거에는 여러 동아리가 있었지만, 변호사시험 합격이 어려워지면서 현재 실질적으로 운영되는 동아리는 손에 꼽을 정도다. 그나마 지금까지 운영되는 대표적인 동아리는 ①축구 동아리, ②인권 동아리, ③기독교 동아리, ④중국법 동아리가 있다. 위의 동아리가 아직까지 살아남은 각자의 이유가 있다.

축구 동아리는 남자라는 성이 존재하는 한 사라질 수가 없는 동아리다. 어쩌면 전국 로스쿨들과 함께 정기적으로 대회도 열리는 가장 활성화된 동아리일 것이다. 학업에 집중하지 않아 변호사시험에 떨어져 재시를 준비하는 선배도 축구 동아리에는 성실히 참여한다. 재시를 서울 유명 학원에서 준비해도 될 법한데 팀을 버릴 순 없다며 축구 동아리 참여를 위해 교내에 계속 머물고 있다. 그의 축구에 대한 열정은 실로 대단하다. 어디서 구했는지, 수업을 들을 때도 유명 선수가 입는 고가의 축구복과 축구화 그리고 축구 양말을 착용하고 다닐 정도였다. 내가 기억하기로, 축구복을 입지 않은 날이 없었다. 변호사가 되어서도 정장을 입지 않고 축구복을 입은 채 변호에 나설 기세였다.

축구 동아리의 큰 특징 중 하나는 인적 구성이 남자 위주이기에 남자들과 친해지기 위해 가입한 여자가 아니면 대부분 남자이며, 남자들만이 모여 있을 때 나눌 수 있는 여자 원우들의 외모 평가 같은 음담패설도 할 수 있다는 것이다.

나는 축구에 관심이 있어서라기보다 다른 동기들도 많이 가입을 한 만큼 인맥 관리 차원에서 축구 동아리에 가입했다. 하지만 실상은 생각과 달랐다. 아직도 졸업시험에 합격하지 못한 선배, 이제 4시를 준비하는 졸업생들이 나와서 온갖 꼰대질은 다 한다. 그리고 공부 방법을 알려주면서 포장된 자신의 과거 이야기와 교수들에 대한 욕, 알지도 못하는 과거 학생들과의 이야기를 마구 떠벌리면서 추억을 회상한다. 또, 축구가 끝난 후의 회식은 새벽까지 끝날 기미를 보이지 않는다. 결국 누구 한 명이 쓰러져야 끝나는 거다. 여기가 로스쿨인지 의

구심이 든다. 그래서 최근에는 축구 동아리에 참여하지 않고 있다.

인권 동아리는 대외적으로는 사회의 정의와 공익을 위해 인간의 권리를 탐구하는 동아리로 홍보하지만, 이 동아리에 속한 원우들의 행동을 보면 인권, 공익, 정의 운운하는 사람들이 오히려 더 인권을 탄압하고 부정의하며, 오로지 자신의 이익만을 위해서 움직인다는 깨달음을 새삼 상기시켜준다. 이는 로스쿨이 아닌 사회에서도 마찬가지다. 유명한 여성 인권 변호사가 정작 성추행 사건으로 비극적인 결말을 맞이한 것만 해도 그렇다.

또한 이 동아리에서는 정치와 관련된 명사들을 초청하기에, 정치적 주제에 그 누구보다 민감하게 반응하며 변호사가 된 후 정치판에 기웃거리려는 학생들이 많이 가입한다. 현재는 변호사시험 합격이 어려워진 바람에 실질적으로 운영이 잘 되지 않고 있다. 이들에게도 타인의 인권, 사회 정의, 공익보다 자신의 변호사시험 합격이 더 중요하기 때문이다.

인류가 있는 한 종교가 사라지지 않는다는 말이 있듯이 기독교 동아리도 교내에 운영된다. 공부에 집중하기 위해 기독교인이라도 가입하지 않는 경우가 있어 회원이 많지 않은데, 그런데도 굳이 목사를 초청해 교내에서 예배를 한다. 로스쿨

안에 신성한 기운(?)을 불러들여야 하기 때문이라고 한다. 그런데 피안은… 피안대는 불교 학교인데….

혹시 로스쿨 입학 후 기독교 동아리에 가입하려는 입시생이 있다면 부탁이 있다. 제발 열람실 바로 위층에 기독교 동아리 모임 자리 예약 후, 종교의 자유를 주장하며 시끄럽게 기타치고 찬양(?)하지는 말길 바란다.

마지막으로 중국법 동아리는 특정 교수가 지도교수로서 자신의 학술연구 주제와 연관하여 운영하는 동아리다. 동아리의 후원 자격 역할을 하는 교수가 있어 술값 등 재정적 걱정을 할 필요가 없으며, 관련 행사가 있을 때 참석하여 자리를 채워주는 역할로 술값을 대신하기도 한다. 적어도 내가 아는 한 실제로 중국법에 관심이 있어서 가입한 원우들은 없다. 아마 다른 로스쿨도 이러한 유사 동아리가 많을 것이다.

동문회는 자신의 같은 학부 출신들끼리 모이는 모임이다. 나 개인적으로는 공부 집중을 위해 혼자 다니고 싶어 하는 학생에게도 가입을 추천한다. 로스쿨은 각종 정치질, 이간질, 다른 원우에 대한 허위사실 유포 등 권모술수가 난무하는 곳이다. 이런 곳에서 내 편을 만들 수 있는 모임 겸 학교 시험 족보도 수월하게 구할 수 있는 모임이 있다면 그건 동문회가 아닐까 싶다. 나는 로스쿨이 없는 서울 소재 대학교 출신이라 아쉽게도 선배가 없어 동문회가 있는 원우들이 부럽기도 했다.

다른 로스쿨도 마찬가지겠지만 호랑이 정신이 느껴지는 대학 출신의 동문들이 가장 잘 뭉친다. 인사도 가벼운 목례가 아닌 90도 직각 인사를 하며, 과거 군대 내 하나회같이 그들만의 네트워크가 잘 형성되어 있다. 혹시라도 호랑이 정신이 느껴지는 대학 출신의 동기와 트러블이 생긴다면 조심하자! 그들이 떼거리로 몰려올 것이다.

타교 로스쿨에는 내가 경험하지 못한 동아리나 다른 목적의 모임이 있을 것이다. 로스쿨 밖에도 마찬가지지만 이러한 모임의 목적은 결국 이성 만남으로 귀결된다. 예수를 사랑하기 위해 모인 기독교 동아리 모임에서는 모두 다 커플이 됐다. 이십대 후반부터 서른이 넘은 미혼 남녀가 모이면 일어날 수 있는 당연한 귀결이다.

로스쿨 예절(?)의 경우 해당 로스쿨의 정원, 나잇대 등의 인적 구성과 인서울 여부 등에 따라 차이가 난다. 피안대 로스쿨은 정원 70명, 상대적으로 높은 나잇대로 구성된 데다 지방이기에 다른 학교보다는 예의범절(?)을 중요시하는 학교다. 어쩌면 법학 공부보다 예의범절을 더 신경쓴 탓에 합격률이 낮은 것일 수도 있다. 학교를 다니면 다닐수록 짜증나는 대표적인 문화는 인사 문화다. 생판 알지도 못하는 학생들을 보고도 인사를 해야 한다. 인사를 하지 않으면 예의가 없다고 뒷담화가 시작된다. 사이가 나빠져 인사를 하지 않으면 주위에서도 이걸 눈치채고 왜 사이가 나빠졌는지 또 뒷담화가 시작된다. 그리고 상대를 보지 못해 인사를 못 했을 경우, 상대방은 오해를 하며 악감정을 갖게 된다. 시간이 흘러 3학년이 되면 아예 인사를 하기 싫어 고개를 떨구고 다니는 원우들도 생긴다.

예절은 인간관계의 원만함을 위해서 만들어졌으나 이러한 취지가 변질되면 악폐습이 될 수도 있다. 인사예절도 마찬가지다. 합격률이 좋은 서울의 대형 로스쿨은 이러한 인사 문화가 없다고 한다. 공부하기도 바쁜데 이렇게 인간관계로부터 감정 소모를 하게 만드는 문화는 사라질 필요가 있다.

경연대회는 재학생을 대상으로 한 공공기관이나 학술단체에서 주관하는 대회가 주류를 이룬다. 대표적으로 가인 법정변론 경연대회가 있다. 가인은 초대 대법원장을 지내셨던 김병로 선생님의 호이다. 김병로 선생님의 삶을 감히 이 글에 표현할 수는 없지만, 그분이 걸어오신 삶은 법조인 모두가 본받아야 할 이상이자 도달점이지 않을까 한다. 가인 법정변론 경연대회(이하 '가인'이라 한다)는 민사, 형사 영역에서 서면과 변론을 겨루는 대회다. 3인 1개조로 팀을 구성하여 참가할 수 있다. 팀 구성 팁으로, 로스쿨에는 경력에 한계가 다다른 아나운서가 입학하는 경우도 있는데 이러한 아나운서 한 명을 팀에 포함하면 변론 능력 평가에서 매우 유리한 이점을 가지게 된다.

가인뿐만 아니라 특허 관련, 행정소송 관련 등 많은 경연대회가 있으나, 합격률이 낮은 로스쿨 소속 원우들은 변호사시험 준비에 바빠 이러한 경연대회에 참여하지 않는다. 서울의 대형 로스쿨의 경우 상대적으로 이러한 경연대회에 참여하여 스펙을 쌓는 경향이 있다. 나는 변호사시험 준비에 집중하기 위해 경연대회에 참가하지 않았다. 그런 이유로 경연대회와 관련한 정보를 더 제시하지는 못할 것 같다. 단, 경연대회 수상 경력은 취업 시장에 미치는 영향력이 크지 않다는 점만은 말해둔다.

다행히도 로스쿨에는 일진 문화나 학교폭력 문화 같은 건 없다. 하지만 일진 문화보다 더한 스모커 패밀리 문화가 있으며, 학교폭력보다는 뒷담화 문화가 있다.

스모커 패밀리는 흡연자들 사이에 형성되는 무리로, 입학 초기부터 로스쿨 앞문이나 뒷문에 모여 담배를 피며 자기가 아는 정보를 서로 공유하면서 결속을 다진다. 모든 길은 로마로 통한다는 말처럼 모든 뒷담화는 스모커 패밀리를 거쳐 담배 연기와 함께 급속도로 확산된다. 한번 담배를 태우기 시작하면 한두 시간은 기본이다. 막상 들어보면 영양가 없는 이야기들이다. 그저 교수와 다른 학생들을 욕하는 것뿐이다. 그들의 대화 주제가 조금이라도 학업에 도움이 되는 것이었다면 피안대의 합격률이 이렇게 나쁘지는 않았을 것이다. 또한 교내 건물들 사이의 길을 막고 서서 담배를 피우는 까닭에 학부생들의 비난도 받는 무리들이다. 그들의 활약상은 조금씩 나타날 것이다.

로스쿨의 뒷담화 문화는 잘 형성되어 있다. 예전에 맞아 죽는 사람보다 입으로 죽는 사람이 더 많다는 말을 들은 적이 있는데, 로스쿨을 졸업하게 되면 그 말이 정확하다는 걸 이해하게 될 것이다.

○

우리는 하나다
_학생회: 킹 오브 가스라이팅

대학교와 마찬가지로 로스쿨에도 학생회가 있다. 로스쿨의 학생회는 학생들의 원활한 변호사시험 준비를 위해 학사운영과 관련된 정보를 제공하며, 교수 집행부와 교학과의 전달사항을 전해주는 역할을 한다. 이러한 학생회의 노고에 대한 보상으로 학교 당국에서는 학생회장의 경우 전액 장학금, 부학생회장의 경우 반액 장학금을 준다. 3학년생은 시험 준비에 집중해야 하므로, 2학년생이 선거를 통해 학생회장 및 부학생회장 직을 맡게 된다. 장학금 혜택에도 불구하고, 기수에 따라 다르지만, 학생회의 보직을 기피하는 경향이 강하다. 온전히 공부에 집중할 수 없는 상황에 놓이기 때문이다. 피안대 로스쿨에서는 "역대 학생회장은 변호사시험에 합격하지 못한다."

는 징크스가 있다.

미리 스포를 하자면 내가 1학년에 입학할 당시 변호사시험을 쳤던 선배, 학생회장 출신의 3학년 선배, 2학년 현 학생회장인 김민현 선배는 아직까지도 변호사시험에 합격하지 못하고 있다.

이러한 징크스가 생긴 건 단지 학생회장의 업무가 바쁘기 때문만은 아니다. 유명 웹툰의 제목 중 '타인은 지옥이다'라는 말이 있는데 학생회는 그 지옥의 중심에 있기 때문이다. 물론 지옥에 있고 싶은 않은 학생까지 끌어들여 지옥을 경험하게 한 잘못의 벌로 볼 수도 있겠지만…. 왜 지옥이라고 말하는지는 천천히 알게 될 것이다.

대개 1학년 때 기수 대표를 맡았던 학생이 2학년이 되면 학생회장으로 선출되는 경향이 있다. 우리 기수는 박정수 학생이 학년 대표가 되었다. 정수는 나랑 동갑이기도 해 입학 당시부터 친해졌다. 대학에 입학하면 술자리가 많이 있듯이 로스쿨도 시험을 준비하는 집단임에도 술자리가 많다. 학부 때 학생회장 경험이 있는 정수는 술자리 모임을 만드는 등 동기들 간의 단합을 위해 노력했다. 정수는 술자리 모임에서 늘 이런 말을 했다.

"동기 여러분, 우리는 한 배를 탄 전우입니다. 해가 갈수록 변호사시험 합격은 어려워지고, 당초 로스쿨 제도의 취지대로 자격시험*화가 되고 있지 않습니다. 또한 교수들은 학생의 요구를 묵살하고 있으며, 이러한 불통으로 우리 학교의 합격률은 전국 평균에 비해 현저히 저조한 편입니다. 하지만 우리는 선배들과 달라야 합니다. 아니, 다를 겁니다. 다시 한 번 강조합니다. 우리는 하나입니다. 단 한 명이라도 원우의 불이익을 묵과하지 않고 우리 전부가 변호사시험에 합격할 수 있도록 노력하겠습니다."

"우리는 하나다." 달콤한 말 같지만 집단주의 발상이 담겨 있는 말이다. 이러한 학생회의 집단주의적 발상은 많은 문제를 일으켰다. 입학한 지 한 달도 되지 않아 집단주의적 발상의 문제가 드러난다.

재학생들은 매년 일정한 학생회비를 납부하며, 이 학생회비를 통해 학생회의 운영이 이루어진다. 지속적으로 학생회비 납입 독촉 공지가 올라오며, 학생회비를 내지 않으면 학생회

---

* 자격시험이란 절대평가로서 일정한 점수를 획득한 경우 합격을 인정해주는 시험이다. 의료계열은 자격시험이지만, 변호사시험은 전문석사 과정임에도 완전한 자격시험이 아닌 상대평가 시험이다. 자격시험이 되면 학생에게도 유리한 점이 있으나 가장 큰 수혜자는 역시 교수일 것이다. 철밥통 방어에 유리하기 때문이다.

운영의 어려움을 강조하는 동시에 형법상의 협박죄에 해당할 정도로 학생회비 납입을 강요한다. 나를 포함한 대부분의 학생들은 학생회비를 낸다. "법조계는 좁다."는 말이 있는 만큼, 튀면 안 되기 때문이다.

그런데 학생 한 명이 학생회비를 내지 않은 것으로 드러났다. 납부하지 않았을지라도 익명성을 보장해줘야 정의로울 법하나 로스쿨에 그딴 건 없다. 학생회는 명시적으로 이를 공개하지 않는다고 강조하지만, 은밀히 일부 학생에게 유출함으로써 뒷담화를 타고 널리 퍼져 이틀이 지나기 전에 전 학년 모두가 알게 된다. 로스쿨 학생들이 공부 스트레스를 푸는 방법 중 하나는 삼삼오오 모여 학사일정과 관련된 정보를 공유하는 자리에서 교수와 학생 욕을 하는 것이다. 이는 일반 회사에서도 비슷하겠지만, 로스쿨은 각자가 경쟁하는 관계이면서 밤늦게까지 건물 안에 같이 있기에 더욱 심하다.

박지훈 학생이 학생회비를 내지 않은 것으로 드러났다. 박지훈 학생은 예전에 면접 스터디에서 만난 적이 있는 동기다. 그는 지방의 이름 없는 대학 출신으로 합격이 불투명한 탓에 가입을 꺼려했지만, 모집자인 나의 학벌도 좋지 않은 것을 보고 거절할 명분이 없어 결국 같이 면접 스터디를 한 경험이 있다. 면접 스터디 당시에는 로스쿨에 입학하지 못할 것 같던 그가 로스쿨에 입학한 것을 보고, 나는 다행과 함께 신기함(?)을 느꼈다.

입학 후 박지훈 학생은 동기 술 모임에도 참여하지 않고, 혼자 다니며 혼자 공부를 했다. 그런 만큼 친해지기 어려웠는데, 그런 그를 향해 왜 학생회비를 내지 않는지 물어보기는 더더욱 어려웠다. 내가 물으면 박지훈 학생은 그 사실을 누가 알려줬는지 반문할 테고, 그러면 학생들의 뒷담화가 있었다는 것, 그 시작이 학생회로부터의 유출이라는 것이 드러나 학교가 시끄러워질 판이었다. 나 또한 뒷담화 무리로부터 배신자로 낙인찍히면 학교생활이 힘들어질 것이기에, 회비 미납에 관해 묻기는커녕 그와는 거리를 두었다.

학생회는 박지훈 학생을 가만두지 않는다. 박지훈 학생은 다른 학생들이 자신의 학생회비 미납 사실을 알 리 없다고 생각할지도 모르겠지만, 이미 그것은 공공연한 비밀일 뿐이다.

미납자는 모든 학생회의 지원을 받을 수 없다는 공지가 올라온다. 심지어 휴게실에도 미납자의 출입을 금지하는 문서가 부착되어 출입조차 못 하게 한다. 이유는 휴게실 안에 있는 냉장고, TV를 학생회비로 산 만큼 학생회비 미납자가 사용할 '가능성'을 막으려고 출입 자체를 봉쇄한 것이다.

과 잠바 사업에서도 학생회 회의를 거쳐 박지훈 학생은

본인의 의사와 상관없이 배제되었다. 굳이 원하지도 않는 사람에 대해 장고의 회의 끝에 배제한다고 공지하다니 그저 어이 상실일 따름이다. 전형적인 가스라이팅이다.

이쯤에서 이 글을 읽고 있는 독자는 다시금 명심해야 하는 것이 있다. 로스쿨은 다수의 횡포에 대한 소수자의 이익을 보호하기 위한 정의로운 변호사를 양성하는 기관이다.

참고로, 과 잠바는 로스쿨생에게 중요한 아이템이다. 과 잠바를 맞추는 이유를 동기들 간의 단합을 위해서라고 하지만 그건 허울 좋은 구실이다. 주된 이유는 학부생과의 구별이다. 즉 "비록 내가 이런 지방 대학교를 다니고 있지만 나는 너희 지방 대학교 학부생들과 다르다. 나의 학부는 서울 소재의 명문 대학이고, 그렇기에 너희 지방 대학교 학부생들과 동급 취급을 받고 싶지 않다. 난 몇 년 뒤 취업을 걱정해야 하는 지방대 출신인 너희들과 달리 법조인이 될 우수한 인재다." 이런 의미를 담고 있는 아이템인 것이다.

학생회비 사건뿐만 아니라 시간이 지날수록 학생회의 집단주의적 행태가 불거져 학생들의 불만이 생긴다. 게다가 학생들 간의 갈등을 해결해야 할 학생회가 오히려 갈등을 부추기는 역할을 하면서 나중에 학생회장 탄핵 사건이 발생하게 된다.

합격률 발표, 그 이후의 로스쿨
_비정상의 정상화

2018년 3월 22일 대한변호사협회가 법무부장관을 상대로 한 정보공개거부취소소송(2017누80822)에서 원고 대한변호사협회가 승소하여 법무부는 로스쿨별 응시자 수와 합격자 수, 합격률에 대한 정보를 공개하게 되었다.

우선, 이번 소송에 임한 관계자들의 이해관계를 판단할 필요가 있다. 법학전문대학원협의회(이하 '법전협'이라 한다)*의 입장은 공개 거부 입장이다. 법전협은 대외적으로는 로스쿨의 서열화 현상으로 인한 과도한 시험 경쟁으로 '도제식 교육을 통한 바람직한 법조인 양성'이라는 로스쿨 제도의 취지가 몰

---

* 전국 25개의 로스쿨이 모인 단체로, 엄밀히 따지자면 '로스쿨 학생'이 아닌 '로스쿨 교수'의 이익을 위해 행동하는 단체다.

각된다고 주장한다. 하지만 실상은 그들의 철밥통 방어다.

혹시 '2080'이라는 말을 들어본 적이 있는가. 교내의 교수들 중 20%만이 학생들의 변호사시험 합격을 위해 노력하며, 80%의 교수는 오로지 자신의 안정적인 직장 유지에만 관심이 있는 부류들이다. 그들은 학생들이 경쟁하는 것을 원하지 자기 자신들이 경쟁하는 것은 원하지 않는다. 혹자는 이런 나를 배은망덕한 놈으로 생각할지도 모르겠다. 하지만 로스쿨을 반년만 다녀봐도 내 말이 틀리지 않았음을 알게 될 것이다.

대한변호사협회(이하 '변협')는 공개를 원한다. 변협은 '현재의 변호사'의 이익을 위해 행동하는 단체다. 로스쿨 학생들은 '장래'의 변호사가 될지언정 '현재'의 변호사는 아니다. 전형적인 사다리 걷어차기다. 변협은 기본적으로 변호사 수를 줄여 시장에서 변호사 공급 조절을 통해 변호사의 처우가 개선되길 원한다.

변호사 수를 줄이기 위한 방편으로 합격자 수를 줄이는 방법과 로스쿨 입학생 수를 줄이는 방법이 있는데, 변협은 이번 정보 공개를 통해 합격률이 저조한 하위권 로스쿨을 도태·폐지시키는 방향으로 유도하여 로스쿨 입학생 수를 줄이고자 한 것이다.

법무부는 변호사시험 업무의 공정성 침해 및 로스쿨 제

도의 취지 그리고 로스쿨 서열화를 방지하기 위해 법전협과 같은 입장으로 공개를 거부하는 입장이다.

결국 법원은 합격률을 공개함으로써 학부 서열의 고착화가 아닌 로스쿨 간의 건강한 경쟁을 통해 교육의 질이 오히려 향상될 수 있다고 보아 변협의 손을 들어줬다. 그로 인해 법무부는 과거 1기부터 현재까지의 합격률과 관련된 정보를 전 국민에 공개하게 되었다.

합격률 공개로 긍정적인 평가를 받게 되는 대학이 있는 반면, 부정적인 평가를 받는 대학이 있다. 피안대 로스쿨은 합격률이 25개 대학 중 최하위권에 속했으니, 대외적으로나 대내적으로나 분위기가 좋을 리 없었다.

피안대 로스쿨을 검색하면 부정적인 기사가 지속적으로 올라왔다. 패자는 말이 없는 법인데 원장은 뉴스에 나와 변명을 늘어놓는다. 원장의 변명은 지역 인재 할당 때문에 입학생들의 수준이 떨어진다, 다양한 대학 출신을 뽑아서 이렇게 됐다, 학교가 돈이 없어 다른 학교에 비해 운영에 한계가 있다, 등등으로 교수 자신들의 잘못은 결코 인정하지 않는다. 마치 독일의 혹독한 겨울을 겪은 우리 교수들은 잘못을 할 수 없는 존재라는 걸 어필하는 것 같다. 사실, 교수들은 내부 정보로 이미 자신들의 학교가 합격률이 최하위라는 것을 공개 수년 전부터 알고 있었다. 단지 이러한 사실이 만천하에 공개되어 문제가 수면 위로 올라오자 면이 서지 않게 된 것뿐이다.

학생들 사이에서도 분위기가 좋지 않았다. 설상가상으로 교내 내신 1등이었던 학생이 변호사시험에 떨어지는 경우도 생김으로써 학생들은 더더욱 사기가 꺾였다. 상황이 이런데도 학교는 미온적인 태도로 일관하며 변화의 모습을 보여주지 않고 있다. 이에 학생회는 교수들과의 대화를 시도하고자 했다. 그 과정에서 학생회는 다른 학생들과 상의도 없이 일방적으로 따르도록 강요했다.

이러한 학생회의 독단적인 운영은 합격률 발표 이전부터, 그리고 이후 진급시험 사건 등에서도 계속되었으며, 불만이 쌓인 학생들이 학생회에 대해 문책하자 결국 학생회장은 사퇴하게 되었다. 당시 학생회장인 김민현 학생이 겪은 마음의 상처는 표정에서도 여실히 드러났으며, 그 여파가 변호사시험 불합격에도 미친 것 같다. 김민현 선배 역시 학생회장 징크스를 깨지 못한 것이다.

후에 알게 된 사실이지만, 교수들 사이에서의 갈등도 폭발한 것으로 드러났다. 무능한 이원성 원장은 책임질 모습을 보이지 않고 염치없이 계속 원장 직을 맡으려고 했다. 그러자 '2080'의 20%의 교수는 단체로 대학 총장을 찾아가 로스쿨

원장 직의 변경을 요구했고, 그 결과 교수들과 학생들에게 인망이 높은 이중원 교수가 원장 직을 맡게 되었다. 또한 집행부도 변호사시험 적합성이 높은 수업을 행하는 교수들이 맡게 되었다.

그 이후 학생들의 요구 사항이 반영되어 학원 강사나 타교 로스쿨 교수들 중 강의력이 뛰어난 교수들의 특강이 자주 열리게 되었다. 그리고 중간, 기말고사에서도 이집트나 일본 법학 문제가 아닌 변호사시험 기출문제 위주의 출제로 변경되었다. 이집트 법학을 왜 배우는지 의문을 가지는 독자 분도 계실 텐데, 나 역시 지금도 모르겠다. 나중에 차차 알겠지만 교수들에겐 그들만의 생각이 있었다.

그러나 이러한 긍정적인 변화뿐만 아니라 학생들에게 부담을 주는 변화도 생겨났다. 교수들은 같은 지방대 로스쿨임에도 높은 합격률을 보여준 타 로스쿨의 학사운영 방식을 참고하여 수시고사, 진급시험 등을 도입하게 된 것이다.

프로복서 마이크 타이슨은 "누구나 그럴싸한 계획이 있다. 내게 처맞기 전까지는"이라는 말을 남겼는데, 이는 로스쿨에도 통용된다. "학생들도 그럴듯한 공부 계획이 있다. 시험에 떨어지기 전까지는."

수시고사와 진급시험은 학생들 나름의 공부 계획에 변경

을 주는 것이다. 학생들은 합격률 최하위권을 기록하고 있는 피안대 로스쿨의 학사운영에 회의적이기에 이러한 변화에 대해서도 회의적이다. 다만 모든 학생이 수시고사와 진급시험에 대해 부정적인 견해를 취한 것은 아니다. 학생들 사이에서도 의견 대립이 생기고 그로 인한 갈등도 생기게 된다.

나는 이러한 갈등 사이에서 공부에 집중하기 위해 어느 한쪽 입장에 서지 않고 조용히 입을 다물고 있었다. 결국 합격률 향상을 도모하기 위한 진급시험은 도입 되었고, 그 여파는 후에 드러나게 된다.

○

시험기간
_누구나 검클빅의 꿈을 가슴에 담아 입학한다

로스쿨의 시험기간은 학부 시절 시험기간과 큰 차이가 있지는 않다. 카페인 음료가 쓰레기통에 널브러져 있고, 밤을 새는 학생들도 많다. "천재들이 하는 거짓말을 믿지 말라."는 말도 있듯 열심히 잘 준비해놓고도 준비를 하지 못했다는 사람들, 시험을 잘 쳐놓고도 망했다고 징징거리는 학생들도 학부 시절 때처럼 여전히 존재한다. 동문회와 친한 원우들 사이에서 다른 원우들에게 보여주지 말라며, 자기들끼리 공유하는 족보 전쟁도 마찬가지로 있다.

변호사시험은 상대평가이기에 결국 로스쿨 원우들은 경쟁자들이다. 처음으로 경쟁자들과의 경쟁 결과가 나오기 때문에 특히 1학년 1학기 학점은 원우들에게 남다르게 다가온다.

또한 입학 초기에 학생들은 고학점으로 교수들에게 잘 보이고 싶어 한다. 그러나 뭐 차차 알겠지만 시간이 지날수록 교수는 증오의 대상이 된다.

검사 임용, 판사 임용 트랙(이하 '검클'이라 한다)의 경우 높은 학점을 받으면 유리하므로, 임용을 고려해 1학년 1학기 때부터 학점을 잘 받고 싶어 한다. 누구나 입학 당시에는 판검사의 법복을 입고 가족들과 찍는 사진을 상상하며, 가슴에 부푼 꿈을 안고 검클을 생각하며 시험을 준비한다. 물론 꿈높현시, 즉 꿈은 높은데 현실은 시궁창임을 곧 알게 되겠지만….

1학년 1학기 때 내신 준비를 한 학생 중에서 인상 깊은 학생이 있다. 입학 당시부터 검사 임용을 준비한다고 말하고 다니던 정기훈 학생이다. 대부분 검찰 임용의 꿈을 가슴속으로만 담고 있는 데 반해 정기훈 학생은 꿈은 말로 뱉고 다녀야 실현된다며, 자신 있게 검사가 될 거라고 했다. 정기훈 학생의 중간, 기말고사 준비는 나의 4년의 대학생 시절을 포함하더라도 그토록 독하게 임한 학생은 없었다고 할 정도로 열심이었다. 우선, 그는 시험 전주부터 집에 가지 않는다. 거리가 있지만 대학로 근처 원룸에서 지내는데도 집에 가지 않는다. 잠은 책상에서 잠시 엎드려 잔다. 자다가 일어나 공부를 하고 다시 엎드렸다가 일어나 공부를 한다. 그리고 밥을 먹고 다시 공부를 한다. 이러한 과정을 시험이 끝날 때까지 10일 동안 반복한다. 시험이 끝날 때쯤에는 충혈된 눈과 진한 다크서클을 보이며, 곧 죽을 것 같은 표정으로 시험 종료와 함께 집으로 돌아간다.

내가 정기훈 학생에게 힘들지 않는지 물어보자 정기훈 학생은 지친 얼굴로 답했다.

"존경하는 검사 선배님들이 걷고 계신 가시밭길에 비해선 아무것도 아니야."

시간이 흐른 뒤 이게 바로 검뽕이라는 걸 알게 된다. 그리고 정기훈 학생의 검뽕을 이때 치료했더라면 후에 큰 비극이 일어나지 않았을 것이라는 후회가 밀려오곤 한다.

종내에는 1학년 1학기에 겪은 내신 경쟁에 대한 스트레스, 높은 학점이 변호사시험의 합격을 보장해주지는 않는다는 자기위안, 굳이 동기 원우들과 경쟁하고 싶지 않다는 동기애(?), 학점 관리보다는 학원 커리큘럼에 맞춘 변호사시험에 집중하면서 학점에 신경쓰지 않는 원우들이 차츰 생겨나게 되었다.

하위권 로스쿨일수록 고학점이 변호사시험 합격을 보장해주지 않는다고 생각하는 경향이 있기에 학년이 높아질수록 더욱 학점에 신경쓰지 않는다. 서울 대형 로스쿨의 경우 학점 경쟁이 치열한 편인데, 모 로스쿨에서는 재학생이 시험문제를 미리 확보하기 위해 몰래 교수연구실 내부 캐비닛에 숨어 있다가 걸려 퇴학당하는 사건까지 있었다. 내가 입학하기 전에 벌어진 이 사건은 실화 같지 않지만 분명히 실화다. 명문 대학교를 졸업하고 명문 로스쿨에 입학한 만큼 머리가 좋을 텐데, 왜 하필 캐비닛에 숨는 단순무식한 기획(?)을 했는지 실소가 나올 따름이다.

아마 1학년 1학기 때 내신 경쟁이 가장 치열한 학교는 샤(정문 마크 'ㅅㅑ')대 로스쿨이 아닐까 싶다. 샤대 로스쿨은 입학을 위한 자소서 양식에 공익을 위해 무슨 노력을 했는지 동기-과정-결과-후속 활동을 포함하여 적는 항목이 따로 있다. 따라서 입학생들은 자소서에 사회적 약자를 보호하는 변호사를 꿈꾼다고 적지만 대부분의 샤대 로스쿨생은 검클'빅' 특히 고연봉의 '빅'에 매달려 있다. '빅'은 빅펌 즉 대형 로펌을 의미한다. 국내 대형 로펌은 김앤장, 태평양, 광장, 세종, 화우, 율촌, 바른, 지평, 동인 등이 8대 로펌으로 불리는데 특히 김앤장은 다른 빅펌을 다 합친 것보다 더 큰 영업 규모를 자랑한다. 김앤장은 고액의 연봉만큼 잠을 줄여서라도 일만 해야 하는 극악의 업무 강도로도 유명하다. 그렇다. 그게 내가 김앤장에 가지 않는 이유다.

샤대 로스쿨에는 입도선매라는 특이한 시스템이 있다. 빅펌에서 우수한 '간판'을 가진 우수한 인재를 1학년 때의 성적을 보고 미리 채용을 확정하는 것이다. 빅펌에게 좋은 변호사란 좋은 대학을 나온 변호사를 의미한다.

법조계만큼 학벌주의가 심한 곳도 없다. 법조계는 사법시험 시절 때부터 샤대와 비샤대를 나누고, 샤대 중에서도 법대와 비법대를 나누고, 법대 중에서도 전관으로 시작했는지, 재학 중 합격 했는지에 따라 나눈다. 로스쿨 도입 당시 초기 샤대 법대 동문회에서는 샤대 로스쿨은 다른 학부 출신도 들어오니 순혈주의에 위배된다고 하여 샤대 로스쿨생들을 후배로 볼 수 없다고 할 정도였다.

샤대 교수들은 1학년 이후에도 학사 과정에 집중하기를 원하기에 이러한 입도선매 시스템을 좋아하지 않는다고 하지만, 타교 로스쿨 입장에서 빅펌 취업은 자기 학교의 자랑인지라 그런 말이 배부른 소리로 들릴 따름이다. 공익을 위해 입학했지만 고액 연봉의 빅펌에 입도선매 당하지 않으면 좌절감에 많은 수의 학생들이 자퇴나 휴학을 하기 때문이기도 하다. 지방대 로스쿨생이 혹여나 빅펌에 취업했다면 그의 가족 배경부터 의심하고 봐야 할 정도로 그들의 빅펌 진입은 그야말로 '낙타가 바늘구멍에 들어가는' 격이다.

지방대 로스쿨 출신이 빅펌에 취업하면 인터뷰 요청까지

들어와 신문 기사에 실리기도 한다. 아, 물론 피안대 로스쿨은 빅펌 취업자가 없다. 다른 로스쿨이다.

이들 인터뷰에는 뭔가 약속이라도 한 것처럼 글에 일정한 공식이 있다.

첫째, 학교 홍보 겸 학교 자랑을 해야 한다. 도저히 자랑거리가 없더라도 머리를 쥐어짜서라도 꼭 자랑거리를 만들어내야만 한다.

둘째, 교과서 위주로 공부 했다는 수능 만점자처럼 학원 강의는 듣지 않고 학교 수업에 충실해서 좋은 결과를 얻게 되었다고 해야만 한다.

셋째, 동기와 주변 교수들을 칭찬하며 그들이 없었으면 빅펌에 합격할 수 없었다고 해야 한다.

넷째, 법조인이 되고자 한 이유를 설명하면서 사회적 약자, 정의, 인권, 이 세 단어 중 적어도 두 단어는 나와야 한다.

다섯째, 빅펌에 가게 된 이유를 설명하면서도 공익, 인권, 사회적 약자 중 적어도 하나의 단어를 선택하여, 돈을 보고 빅펌에 가는 건 전혀 아님을 강조한다.

여담이지만 인터뷰를 볼 때마다 느끼는 것인데, 인권, 사회적 약자를 위해 변호사가 되기로 했으면 전문 분야를 '기업 법무'라고 적는 모순은 그만 좀 보여줬으면 좋겠다. 기업 법무는 기업 내에서 법적 업무를 하는 분야로, 기업의 편을 들지 사회적 약자 편을 들 일은 없다. 아니면 형식상이나마 전문 분야란에 기업법무 옆에다 '인권'이라는 말을 추가 표기하던지….

이렇게 1학년 1학기 시험이 끝나면 대부분의 학생들은 고향으로 가거나 휴식을 취한다. 휴식을 취할 이유가 없을 정도로 대충 시험을 준비한 학생들도 그러한 분위기에 휩쓸린다. 나도 열심히 준비한 편이 아니라서 체력이 남아돌았지만, 그 다음 날에도 공부를 하면 혼자만 열심이라고 뒷담화를 들을까 봐 그냥 쉬었다. 로스쿨에서는 남들 눈에 모난 모습을 보이면 살아남을 수 없다.

민법총칙을 가르친 이정미 교수는 "합격률이 높은 학교와 낮은 학교의 큰 차이는 초심이다. 피안대 로스쿨 학생들은 1학년 1학기 중간고사 때까지는 열심히 한다. 하지만 1학년 1학기가 끝나면 이런 초심이 사라진다. 초심을 잃지 말고 처음 입학할 때의 열정으로 공부하기 바란다."고 말한 적이 있다.

그 말에 공감한다. 나 역시 처음의 마음이 한결같기를, 시간이 지나도 변치 않기를 굳게 다짐한다.

하지만 "모든 인간은 똑같은 실수를 반복한다."는 말처럼 나를 포함해 우리 기수도 예외는 아니었다.

○

1학년 여름방학 |
_'진정' 로스쿨

로스쿨 시험기간 중 가장 치열한 1학년 1학기 기말고사가 끝나면, 약 70일 정도의 기간 동안 자율적인 계획 하에 공부할 수 있게 된다. 지방대 로스쿨의 경우 서울에 연고를 둔 학생들이 많은데, 그들 대부분은 서울로 가 공부한다. 교수들은 학생들이 교내 열람실에서 공부하기를 원하여 특강을 개설하는 등 유도책을 써보지만, 그럼에도 서울로 돌아가는 학생들이 많다. 물론 교수들도 방학 때는 서울로 간다. 집이 서울에 있으니까. 학생이 지방 대학에 남아 있기를 원하면서도, 교수 자신은 지방에 부재하는 것이다.

서울에 연고가 있지 않더라도 학원 현장 강의를 듣기 위해 서울로 가는 학생들도 많다. 로스쿨 초기에 객관식 150개

중 31개[*]만 맞으면 충분히 합격할 수 있던 시절에는 학원 강의가 필요하지 않았으나, 이후 변호사시험은 로스쿨 제도 취지와 완전히 다르게 학원 강의를 듣지 않고는 합격할 수 없는 시험이 되어버렸다.

법학에는 모든 과목에 걸쳐 '진정'과 '부진정'이라는 개념이 자주 등장한다. 사전적 의미로 진정이라는 말은 그 형식과 내용이 일치한다는 의미고, 부진정이라는 말은 그 형식과 내용이 일치하지 않는다는 의미다. 이런 설명만 듣고는 이해하기 어렵다. 이러니 법학이 어렵다고 하는 것이다. 쉽게 말하면 명품의 진품과 가품으로 이해하면 된다. 진정은 진품이고 부진정은 가품이다. 가품은 비슷해 보이긴 하지만 자세히 보면 다르다.

이 구분을 로스쿨에 적용해본다면 어쩌면 학원이 '진정' 로스쿨이며 로스쿨이 '부진정' 로스쿨이라고 볼 수 있겠다. 그 정도로 학생들이 공부하는 책의 열의 아홉은 학원 강사 저이며, 학원 강의에 의존한다. 나 또한 서울에서 학원 강의를 수강했다.

변호사시험 관련 강의를 하는 학원은 많다. 그중 수강 점

---

* 후배 기수들은 이를 '베스킨 라빈스 31'의 31을 연상하여 '베라변'이라고 조롱한다.

유율의 대부분을 차지하는 학원은 크게 네 곳으로 볼 수 있다.

L사와 W사는 사법시험 때부터 높은 수강점유율을 차지한 곳으로 고시의 메카인 신림동 고시촌에 위치하고 있다. 고시촌은 시험공부를 위한 인프라가 잘 형성되어 있다. 비록 사법시험 폐지로 인해 고시촌의 활기가 예전만 못하지만, 다행히(?) 최근 변호사시험 합격이 어려워지고 재시생들의 비율이 높아짐에 따라 미약하게나마 다시 학생들이 몰려들고 있다. 고시촌 특유의 문화로는 고시 뷔페, 복사집, 학원가를 꼽을 수 있다. 고시 뷔페는 밥 먹을 시간까지 아껴야 하는 수험생들이 이미 조리되어 있는 음식을 단시간에 먹고 다시 공부할 수 있도록 고안된 시스템이다. 사람들이 몰리는 시간에는 모르는 학생들이 한 테이블에 여섯 명씩 앉아 말없이 밥만 먹고 있는 장면도 심심찮게 볼 수 있다. 학생들은 고시 뷔페에서 한 달 일정액을 내고 삼시 세끼를 해결하거나, 식권 낱장을 구매해 식사한다. 복사집에서는 수험과 관련된 고급 자료나, 학원 강사들의 출제 예상 창작문제 등을 구할 수 있다. 이런 인프라와 함께 사법시험과 변호사시험의 유사성으로 인해 두 학원은 로스쿨 초기까지는 여전히 높은 점유율을 기록했다.

최근에는 신촌에 위치한 M사가 변호사시험은 변호사가 제대로 가르칠 수 있음을 표방하며 새롭게 급부상하자 L사와

W사는 M사에 밀리는 추세를 보이고 있다. M사의 급부상 원인 중 하나로 교통 편의도 들 수 있다. 신촌이 고시촌보다 접근성이 용이하기 때문인데, 이에 L사와 W사는 역삼이나 강남역 근처로 위치를 옮기는 변화를 시도하고 있다. 마지막으로 B사는 변호사시험 재시생 위주의 전문 커리큘럼으로 스파르타식을 표방하면서 열람실에서 화장실 가는 시간까지 통제, 휴대폰 통제, 매일 시험을 통한 평가 등등 엄격한 관리를 한다. 변호사시험 재시생들이 늘어남에 따라 B사의 점유율도 올라가고 있다.

1학년 여름방학 때 듣는 강의는 2학기에 진행될 절차법(민사소송법, 형사소송법을 의미한다)의 기본 강의가 주를 이룬다. 여름방학의 시작점에서는 원대한 계획을 품고 후사법(민사소송법, 형사소송법, 상법, 행정법)을 정복하겠다는 생각을 갖지만, 기본 3법의 복습도 해야 하기에 대부분의 학생들은 후사법 중 민사소송법과 형사소송법을 선행하는 데 그친다. 나는 열심성을 부려 상법 현장 강의를 신청하여 듣기도 했지만 따라가는 것도 버거울 정도로 힘들었다.

여름방학 초기에 1학년 1학기 성적이 발표된다. 처음 받는 성적인 만큼 긴장된 마음에 성적 확인을 주저하게 되고, 성적이 표시된 컴퓨터 화면을 책으로 가린 채 자신의 화투패를 확인하듯 막상 성적을 들여다보고 나면, 입학 당시만 해도 자신이 로스쿨 내에서 검클은 떼어놓은 당상인 특출난 수재로 인정받겠다는 생각을 품었을지라도 이제는 변호사시험 합격만 시켜줘도 감지덕지한 학생임을 여실히 자각하게 된다. 그러나 3학년이 되면 변호사시험에 신경이 쏠려 교내 내신 성적에는 그다지 마음을 두지 않게 된다.

학생들 간에는 성적을 묻지 않는 불문율이 있다. 다만 친한 동기들 간에만 공유하는데, 이틀만 지나면 동기생 모두에게 알려지게 된다. 로스쿨에서 비밀 따윈 없다. 이 때문에 다른 동기들에게 성적이 공개된 것에 대한 배신감, 시기, 질투로 인한 갈등이 생기기도 하지만, 거의가 학교에 있지 않기에 큰 사달은 일어나지 않는다.

○

1학년 여름방학 II
_반수 준비 그리고 법조윤리

1학년 여름방학 때 학생들이 학교에 있지 않는 큰 이유 중 하나는 반수를 위해서다. 로스쿨 학벌도 변호사시험 합격 후의 취업 시장에서 유의미한 선별 기준이 되므로, 조금이라도 더 좋은 학벌을 가지기 위해 1학기를 보낸 뒤 leet에 재응시하여 다른 로스쿨 입학을 준비하는 것이다.

대부분 남모르게 준비하는 게 보통이지만, 드물게 공개적으로 준비하는 학생도 있다. 박정아라는 학생은 '공격적으로' 공개적인 준비를 했다. 그녀는 입학 초기부터 이런 말을 하고 다녔다

"나는 명문대학교 출신 학생으로, 이런 피안대 로스쿨은 나에게 맞지 않는다. 그러니 반수를 해서 다른 로스쿨로 갈 것

이다. 반수 준비에 집중할 테니 나한테 '우리는 하나다' 같은 동기애를 강요하지 마라. 2, 3학년 선배도 내 선배가 아니다. 나한테 인사도 강요하지 마라. 다만 예외적으로 존잘오빠(존나게 잘생긴 오빠'의 줄임말)는 내가 먼저 인사를 하겠다. 하여튼 그렇게 알고 있어라."

하지만 그녀는 leet를 친 결과 오히려 작년보다 더 낮은 점수가 나오자 급격한 태세 전환을 보여주었다. 주위의 몇 안 되는 친한 학생들에게 전한 바에 따르면, 피안대 로스쿨에서 석사 학위를 받은 후 명문대 박사과정 수료를 통해 학력 세탁을 하겠다는 것이다. 박사과정 입학 과정은 로스쿨 입학보다 훨씬 수월하다. 로스쿨 학력 세탁이란 스카이 로스쿨의 박사과정에 쉽게 입학할 수 있기에 박사학위가 아닌 박사과정 수료만 하고 명함의 학력 사항에 스카이 로스쿨 박사과정 수료만 표시하는 것을 말한다. 부끄럽지만 이게 현실이다. 정말 주옥같은 학벌주의다.

그녀는 결국 학교를 계속 다니게 되나 여전히 존잘오빠한테만 인사한다. 그녀의 마지막 자존심인 모양이다.

비공개적으로 준비한 학생들 중에는 인상 깊은 이들도 있다. 성지호 학생이 특히 그러한데, 그는 입학 전부터 유명 정치인과의 친분을 과시하면서 변호사가 되면 정치판으로 가고 싶다고 말하던 학생이다. 참고로, 로스쿨에는 정치인을 노리고 변호사가 되려는 학생들이 많다. 문제는 그들이 학생들 사이에서도 정치질을 한다는 것이다.

성지호 학생은 입학 전부터 동기들과 어울리면서 '우리는 하나다'를 유독 강조했다. 비흡연자임에도 수업이 끝나는 시간마다 벤치에 모이는 스모커 패밀리들 사이에 항상 끼어들어 그들과 친해지기 위해 노력했다. 합격률이 공개되어 분위기가 침울해졌을 때에도 우리는 꼭 함께 열심히 준비하여 다 같이 합격하자며 단체카톡방에 긴 글을 올릴 정도의 동기애를 보여주었다. 그리고 여름방학 때 선행학습을 위해 신림 고시촌에 갈 때도 동기들과 헤어지는걸 아쉬워하며, 몸은 멀리 있어도 마음은 가까이 있다고 했다.

그러나 여름방학 때 '미리' 신청한 leet 시험에서 대박이 나고 반수에 성공하자 훌훌 떠났다. 그 누구보다 학교를 위해 남아 있을 것처럼 보였던 그가 가장 먼저 학교를 떠난 것이다. 정치꾼을 경계하는 나는 그와 별로 친하지 않았지만, 하루라도 빨리 변호사가 되어 돈을 벌고 싶은 내 입장에서는, 서른네 살에 반수를 하여 서른다섯 살에 다시 1학년 생활을 하려는 성지호 학생이 신기하기만 했다.

그 밖에도 동기 모임에서 술 먹고 성추행하여 반강제적으로 휴학한 학생, 서로의 뒷담화로 인해 명예훼손 소송으로까지 번져 결국 일방이 휴학을 하는 경우도 있다.

실제로 반수에 성공하는 학생들은 극소수에 불과하다. 대부분은 원래 피안대에 갈 수 밖에 없는 스펙이기에 피안대에 온 것이다. 샤대 로스쿨의 경우는 역시 좀 특이해서 반수는 없지만, 자기가 최고라는 생각으로 온 학생들과의 경쟁에서 1학년 1학기의 저조한 성적을 받고는 그 허탈감에 휴학하여 1년을 더 준비하고 복학하려는 학생, 워낙 뛰어난 스펙을 가지고 있기에 변호사가 아닌 다른 길로 떠나는 학생들이 많다.

반수는 하이리스크 하이리턴 게임이다. 다른 이들은 선행을 준비하는 마당에 반수를 준비하다 보면 1학년 2학기를 제대로 준비하지 못하게 되고, 실패에 대한 허탈감이 결국 변호사시험에도 영향을 미치게 된다. 최근에는 학교에서도 이러한 반수를 막기 위해 leet 일정에 맞추어 진급시험처럼 꼭 봐야 하는 시험 일정을 정해놓고 미응시한 경우 장학금을 제외하는 등으로 leet 응시를 간접적으로 막고 있다.

학생들이 반수하는 걸 이해해줘야 할 부분도 있다. 로스쿨 학벌에 따라서도 취업 시장에서 대우가 달라지기 때문이다. 다만 반수를 하는 학생들의 가식적인 태도는 변했으면 좋겠다는 생각이 든다. 그들은 다들 일관되게 말한다.

"난 집이 서울이라서 가까운 곳에서 부모님과 함께 살며 공부하려고 서울의 로스쿨에 재입학하는 것뿐이야. 내가 하는 반수는 배신이 아니야."

반수로 인해 로스쿨 측에서는 합격률이 떨어질 수밖에 없는 영향을 받게 되는데, 자신의 이익을 위해 자신을 뽑아준 로스쿨에 피해를 주는 게 배신이 아니라면 뭘까. '배신'이라는 단어가 부정적 의미로 쓰이기는 하지만, 살면서 때론 배신도 할 수 있다. 이 힘든 세상, 그 누가 무고(無辜)하겠는가. 중요한 건 배신을 배신이 아니라는 둥, 학벌을 위해 반수를 하는 것이 아니라는 둥 말하지 않는 것이다.

1학년 여름방학은 법조윤리에 응시하는 시기이기도 하다. 법조윤리란 변호사, 검사, 판사 등 법조인에게 요구되는 직업윤리를 의미하는데, 변호사시험 응시 요건 중 하나가 법조윤리 합격이다. 100점 만점 중 70점 이상을 획득하면 합격한다. 윤리를 아는 것과 윤리적인 사람이 되는 것은 별개다. 아무리 비윤리적인 사람이라도, 회차마다 난이도 차이가 있긴 하지만, 일주일만 제대로 공부하면 충분히 합격할 수 있다. 물론 초등학교 도덕 과목처럼 착한 선택지를 고르면 되는 수준은 아니다.

법조윤리 시험을 준비하면서 느낀 점은 두 가지가 있다.

하나는 변호사 수가 늘어남에 따라 먹고살기 위해 변호사가 저지르게 되는 불법적인 방법이 다양해지고, 많이 행해지고 있다는 점이다. 얼마나 먹고살기 힘들었으면 이런 불법을 저지르게 되었을까 하는 안타까움이 생긴다. 두 번째는 그럼에도 '변호사의 가오'(체면, 명예 정도 의미의 속어)를 유지하기 위해 광고 방법 등을 제한하고 있는 점이다. 이러한 규제가 납득은 가지만 변호사들 간의 경쟁에서 신입 변호사의 낮은 경쟁력을 고려한다면, 규제를 풀어줘야 할 부분도 있다고 생각한다.

1학년
2학기

커리큘럼
_절차법, 사례형 시험

　로스쿨마다 차이가 있으나 후사법의 총론 파트 전부를 1학년 2학기 전공필수로 지정하는 로스쿨도 있으며, 처음 접하는 소송법의 어려움과 기본 3법의 각론 공부의 어려움을 고려하여 민사소송법과 형사소송법만 전공필수로 지정하는 학교도 있다. 민사소송법과 형사소송법은 전형적인 절차법 과목으로 볼 수 있다. 기본 3법이 실체법이라는 측면에서 절차법은 실체법과 구별되는 특성이 있다. 실체법이 사람들 사이의 갈등에 대한 '옳고 그름'을 판단하는 법이라면 절차법은 '옳고 그름'을 판단하기 위한 일정한 절차에 관해 규정하고 있는 법이다. 이는 사전적 의미일 뿐이다.

　시험을 준비해야 하는 학생의 입장에서는 수험적 측면에

서 다르게 바라볼 필요가 있다. 실체법은 기본 소양이 있는 일반인들도 상식에 기초해 법리를 이해할 수 있다. 하지만 절차법은 '백문이불여일견'이라는 말이 있듯이 실제로 소송을 해보지 않는 한 책과 교수의 설명만으로는 이해하기 어려운 과목이다. 학생이 실제 소송을 해볼 기회는 없다. 그렇기에 절차에 대한 완벽한 이해보다는 단순 암기가 수험적으로 더 나은 방법으로 볼 수 있다. 그런데 문제는 절차법은 실체법에 비해 암기가 잘 되지 않는다는 사실이다. 절차법은 강사들 나름의 두문자(앞글자) 암기법이나, 암기를 위한 이해법*을 통해 암기하거나, 학생 나름의 암기법을 개발하여 암기하는 경우가 많다.

　이러한 암기법들을 로스쿨 교수들은 단순히 좋아하지 않는 것을 넘어 혐오한다. 마치 조선시대에 자신들의 위계질서를 지키기 위해 외국 신문물 도입에 반대한 사대부들 같다. 물론 교수들의 위계질서란 지금 자신에게 철밥통을 선사해준 '독일 법학'이다. 이와 관련된 일화가 있다.

　2학기 강의시간에 독일에서 석박사 학위를 받으신 형사소송법 담당 교수의 수업을 듣게 되었다.

---

* 절차의 본래 취지나 원리가 아닌데도 암기가 더 편한 방식으로 나름의 자기 합리화(?) 같은 이해를 통해 암기하는 방법이다. 수험 법학에서는 오히려 이런 권모술수가 필요할 때가 많다.

교수는 우연히 어느 학생의 기본서에 적힌 '사시 폐지 확정'이라는 단어를 보게 된다. 교수는 묻는다

"학생, 사법시험이 폐지되니 기분이 좋아서 책에 이런 말을 적은 건가? 하하."

학생은 고개를 도리도리하며 말한다.

"아닙니다, 교수님. 이건 면소판결 사유인 사면, 공소시효 완성, 법률폐지, 확정판결을 의미하는 두문자입니다."

교수의 눈에는 분노가 가득했으며, 붉게 상기된 표정으로 질문을 쏟아붓는다.

"자네 지금 뭘 하고 있는 건가? 왜 이렇게 공부하는가? 로스쿨에 왜 왔는가? 소풍 왔어? 놀러 왔어? 법학이 장난이야? 자네는 사면이 왜 면소 사유인지는 아는가?"

학생은 잘못한 게 없는 것 같은데 왜 이렇게 교수가 흥분하며 연이어 질문을 쏟아내는지 의아해하며 차분히 대답을 한다.

"아 예, 교수님, 전 단지 학원 강사가 가르쳐준 두문자인데 이렇게 외우니깐 잘 외워지고 문제도 잘 풀려서 필기해놓은 겁니다. 사실 왜 사면이 면소 사유인지는 모르겠습니다. 죄송합니다."

교수는 사면이 왜 면소 사유인지 말해주며, 학생의 공부

법을 지적한다.

"학생! 법학은 결론에 대한 근거를 알지 못하면 결론을 맞추더라도 결론을 알지 못하는 것이네. 독일 법학에는 없는 이상한 공부법만 학원 강사들에게 배워서 지금 학생이 이 모양이 꼴이지 않은가! 자네같이 공부하는 학생이 판검사, 변호사가 되어서 한국 법학이 독일 법학을 따라가지 못하는 거네.

제대로 법학을 공부하게나. 그렇게라도 해서 시험에 합격하고 싶은가? 법학을 공부하는 자라면 자고로 절개라는 것이 있어야 하네.

나라면 그렇게라도 해야 시험에 합격할 수 있다면 차라리 시험을 치지 않겠네.

당장 지워! 학생을 위해서 하는 말이네."

교수들의 절개를 이해하고 싶은 마음은 있으나, 시험은 정작 학생이 치는 건데 굳이 이렇게까지 화를 낼 필요가 있는지 의문이다. 이 당시는 교수에 대한 존경심이 '티끌'만큼은 존재했기에 크게 불만은 가지지 않았다.

1학년 2학기에는 절차법뿐만 아니라 본격적으로 사례형 시험에 익숙해지기 위한 공부를 많이 하게 된다. 교수들도 1학기 때는 학생들이 사례형 시험에 익숙지 않은 점을 배려해줬지만 이제는 사례형에 익숙해져야 한다고 강조한다. 사례형 시험은 법학의 이해도를 가장 잘 평가할 수 있는 시험 방법이기 때문에 교수들도 좋아한다.

사례형 시험의 전형적인 문제풀이 흐름은 주어진 사례에서 ①쟁점을 추출한 뒤에, ②이 쟁점에 대한 학설과 판례를 적시한 후, ③관련 학설과 판례 중 검토한 결과 자기가 타당하다고 생각하는 견해를 채택한 후, ④채택한 견해에 근거해 사례의 사안을 포섭하여 문제를 해결하는 것이다. 이를 줄여 '문학판검'이라 한다.

교수들 중 판례나 다수설과 다른 소수설을 자기 견해로 취하는 경우가 종종 있다. 혹여 소수설을 취하는 교수가 채점을 하는 경우 다수설이나 판례 의견을 따른다면 감점 당하지 않을까 하는 걱정이 있을 수 있다. 전혀 걱정할 필요가 없다. 로스쿨 교수들은 그 정도로 속이 좁지(?)는 않다.

사례형 시험문제는 정해진 정답이 없을 순 있어도 오답은 명확히 존재하는 시험이다. 쟁점을 파악하지 못하여 '쟁점 누락'하거나, 쟁점과 관련 없는 다른 쟁점을 적는 '쟁점 일탈'이 오답의 예로 볼 수 있다. 1시간에 100점을 적어내야 하는 시험 특성상 정말 숨도 쉬지 않을 정도로 빠르게 쟁점을 파악하여 빠르게 적어내야 한다. 그 정도로 시간이 없기에, "전투에 실패한 지휘관은 용서할 수 있어도, 경계에 실패한 지휘관은 용서할 수 없다."는 전쟁 명언처럼, '쟁점 누락'은 용서받을지언정 쓸데없는 내용을 적음으로써 시간을 낭비하는 '쟁점 일탈'은 용서받을 수 없다. 쟁점 일탈을 하지 않도록 부단한 노력을 하길 바란다.

사례형 시험을 처음 준비하는 학생들이 많이 걱정하는 것 중 하나는 글씨체다. 교수들은 '글씨체'의 중요성을 강조하지만 글씨체는 중요하지 않다. 걱정하지 마시라. 교수들은 여러 번의 시험을 통해 많은 악필을 경험했기에 어떠한 악필도 해독해낸다. 이러한 교수들의 '해독 능력'은 높게 인정해줄 만하다.

"호의가 계속되면 그게 권리가 된다."는 고래로부터 존재해왔던 법철학 명언이 있듯이, 악필을 이해하는 것은 교수들의 '의무'가 되었다. 그러니 학생은 빠르게 쓰는 것에 집중해야 하며, 교수들이 이해하기 쉽게 바른 글씨를 쓰는 '호의'를 베풀다가 시험시간을 초과하여 문제를 다 풀지 못하는 우를 범하지 말기를 바란다.

복학생
_군법무관, 정신병

로스쿨 1학년 2학기가 시작할 때쯤이면 처음 보는 학생들이 같은 수업을 듣게 된다. 복학생이다. 이들은 여러 이유로 1학년 1학기만 재학한 후 휴학을 하게 된 경우다. 드라마가 극적인 재미를 위해서 극 중간에 새로운 등장인물을 등장시키듯이 이 새로운 학생들은 새로운 이야기를 가져다준다. 그들이 휴학하게 된 원인은 각자 다르지만 군 복무와 관련된 사유가 주를 이룬다.

남학생 중 이미 군대를 갔다 온 이들도 많지만 미필 중 나이가 되어 졸업 전에 군대에 가야 하는 것을 알고 로스쿨에 입학한 뒤 입대를 한 경우도 있다. 피안대 로스쿨에서는 대학원 재학 중에는 군대에 가지 않아도 되는 줄 잘못 알고 있다가 갑

작스럽게 영장이 날아와 입대한 학생도 있었다.

군대를 가야만 하는 나이가 아니어도 카투사를 신청한 후 입대하는 경우도 있다. 변호사시험 합격의 문턱이 높아져 연이은 불합격으로 인해 군법무관으로 입대하지 못하고 결국 사병으로 가게 되는 최악의 상황이 발생할 수 있기 때문이다. 불합격 후 군 입대 시 변호사시험 재시 준비에도 차질이 생기며, 계급사회인 군대에서 다른 동기들은 군법무관으로 장교 대우를 받는데 자신은 사병의 처지라면 심적으로도 불편하다.

군법무관 임용제도에 대해 부연 설명하자면, 우선 단기 군법무관과 장기 군법무관으로 나눌 수 있다. 단기 군법무관은 군 미필 변호사시험 합격자들이 병역 의무를 이행하기 위한 것으로, 중위로 임관하여 3년 복무 후 대위로 전역한다. 군 미필 남성 중 군법무관이 되지 못했을지라도 여러 공공기관에 법률적 도움을 주는 공익법무관으로 임관하여 대체 복무를 할 수 있다.

장기 군법무관은 변호사시험 합격자 중 직업군인으로 복무하기 위해 지원하는 사람들이다. 그들은 대위 계급으로 임관한다. 장기 군법무관은 의무 복무기간이 10년이며, 5년차에 한 번 전역할 수 있는 기회가 주어진다. 과거 사법시험 시절에는 장기 군법무관 지원자가 적어 인력난에 시달렸으나, 사법시험 합격자 수 증가와 로스쿨 제도를 통한 변호사 수 증가로 변호사시장 여건이 팍팍해지자 장기 군법무관에 지원하는 인원들도 늘어나게 된다. 이러한 흐름에 따라 과거 장기 군법무관 인력난을 해결하기 위한 군법무관 임용시험제도*도 폐지되었다.

군법무관은 정년 및 유학, 육아 휴직이 보장되며, 정시 퇴근 등 워라밸이 좋기로 소문나 있다. 군법무관의 워라밸이 좋은 이유는 초임 장교 시절에도 부하 직원이 있으며, 군대의 주 업무와 거리가 있고 특수 보직이어서 계급이 낮아도 상관이 막(?) 대하진 않는다는 것이다.

임관 시 입는 화려한 제복에 끌려, 제복에 대한 로망을 가진 학생들이 군법무관에 지원하기도 한다. 요즘에는 이러한 미점 때문에 여성 학생들도 임관을 많이 한다. 물론 '군 조직의 문화'와 도시와 격오지 순환 근무를 해야 하는 단점도 있다. 격오지 순환 근무란, 누구나 도시에 살고 싶어 하지 격오지를 희망하는 사람은 없기에, 공평하게 2년 주기로 순환 근무를 시키는 것을 말한다.

앞서 언급한 것처럼 반수를 준비하던 학생이 실패하여 복학하는 경우도 있고, 1학기의 저조한 성적 때문에 1년간 학원

---

* 10년 의무 복무 시 전역 후 변호사시험 자격을 주는 제도.

에서 공부한 뒤 복학한 학생도 있다.

가장 안타까운 경우는 정승윤이라는 학생이다.

1학기 수업 초기에 한 교수가, 고시 공부는 자신에게 집중해야 합격할 수 있으니 다른 학생들을 신경쓰지 말고 공부에 몰두하라며 들려준 이야기가 있다.

어느 학생이 남들이 자기 뒷담화를 하는 것 같다며 다른 학생들에게 자기를 뒷담화했는지 물어보고 다니고, 심지어 교수인 자신한테도 뒷담화한 적이 있는지 물어보더라는 것이다. 이 학생은 결국 정신과 치료를 위해 휴학을 하게 되었다고 한다. 교수는 타인을 지나치게 의식하는 것은 관계에서 비롯된 일종의 정신병이라며, 오로지 자신의 공부에 집중할 수 있도록 하라고 했다. 나는 그즈음 학생들이 삼삼오오 모여서 단체 카톡방을 만들어 타 학생을 욕하고 다니는 로스쿨 학생들의 습성을 알고 있었기에, 예민한 사람이라면 그럴 수도 있겠거니 했다.

2학기 개학 후 같은 수업을 듣던 내 바로 앞자리의 학생과 가벼운 대화를 나눈 적이 있다. 처음 보는 얼굴인 그에게 동급생인지 묻자, 그는 동급생이긴 하지만 1년을 개인적인 사정으로 휴학했다며 친하게 지내자고 말했다. 그 학생과 나는 해당 과목의 학원 강사가 같았고, 그래서 공감대가 형성되어 쉽게 친해질 것 같았다.

그때는 그 학생이 교수가 말하던 바로 그 정승윤 학생인지 알지 못했다. 나중에야 친한 동기로부터 그가 누구인지 들었다. 로스쿨 내에서 정승윤 학생과 친하게 지내면 다른 학생들의 시선이 고울 리 없기에 나는 정승윤 학생과 교유할 수 없었다. 내가 정승윤 학생과 얘기할 때면 주위 동기들의 표정이 일그러지면서 마치 "야, 너 걔랑 대화하지 마."라는 눈치를 주는 듯했는데, 역시 그럴 만한 이유가 있었던 것이다. 그 뒤로 정승윤 학생이 인사를 하며 말을 걸어와도 모른 체했다. 어쩔 수 없다. 이게 로스쿨에서 살아남는 방법이기 때문이다.

다른 복학생들과는 원만하게 지냈다. 그들은 기수가 높기에 합격한 선배들의 이야기, 그리고 수험에 도움 되는 정보를 알려주기 때문이다.

달면 삼키고 쓰면 뱉는 것이 어른이 되는 법 중 하나인가 보다.

선배 변호사와의 대화
_돈은 사람을 배신하지 않는다

오늘은 선배 변호사와의 대화가 있는 날이다. 로스쿨 졸업 요건으로 채워야 하는 것 중 하나가 봉사시간이다. 선배 변호사와의 대화 시간에 참여하면 봉사활동 시간으로 인정해준다고 한다. 소음이 오히려 공부의 집중력을 높여 줄 때도 있기에 뒷자리에서 공부하며 듣기로 했다.

선배 변호사는 사법시험 1차 합격 유경험자(이하 '사시 아재')로, 인권동아리 '동행'의 회장이자 신실한 기독교인으로서 로스쿨 내의 기독교 동아리에 가입하여 열심히 활동한 선배였다.

고래로부터 전해져오는 로스쿨에서 피해야 하는 유형이 몇 있는데 그중에는 인권 동아리 회원, 기독교 동아리 회원, 사시 아재가 있다. 사시 아재를 피해야 하는 이유를 알려면 로스쿨에 존재하는 사시 아재의 발생 기원부터 알아야 한다.

　사법시험은 합격자 평균 수험기간이 6년이나 걸리는 극악의 난이도를 자랑하는 시험이다. 오랫동안 공부를 했음에도 낙방하는 사람들이 대부분인지라, 사법시험 1차 합격의 유경험은 로스쿨 입시에서 긍정적 평가로 작용한다. 많은 나이가 특징임은 당연하고, 오랜 기간 공부만 팠기에 사회성이 떨어지며, 고된 수험 생활로 인해 외관상으로도 건강해 보이지 않는다. 비록 시험에 떨어졌지만 고시 경험자 특유의 프라이드가 있어 입학 당초부터 자신의 공부 방향과 다르면 인정하지 않으며 주변 학생들을 가르치려 든다.

　우리 동기 중에서도 나이가 많은 사시 아재 중필이 형님이 있다. 중필이 형님은 명문대 법대를 입학한 후 자그마치 20년이라는 세월 동안 사법시험을 준비했으나 끝내 낙방하여 로스쿨에 입학한 동기다. 중필이 형님은 월등한 법학 지식을 바탕으로 비법 학생들의 공부에 도움을 주어 나이 차와 상관없이 친하게 어울릴 수 있었다.

　입학 초기에 비법 학생들은 이런 사시 아재의 조언을 귀담아 듣게 마련이다. 그러나 시간이 흘러 비법 학생들도 법학 공부에 익숙해졌는데도 사시 아재는 여전히 계속 가르치려 드는, 속칭 꼰대 같은 스탠스를 취한다. 이에 비법 학생들이 자신을 멀리하면 사시 아재는 토사구팽 당했다는 마음에 감정이 상해 비법 학생들과 갈등이 생기기도 한다. 선배들이 사시 아재를 처음부터 멀리하라고 하는 것은 바로 이런 이유에서다.

선배 변호사는 이 세 가지를 동시에 갖춘 보기 드문 사례였는데, 처음부터 느낌이 이상했다.

선배는 합격률 발표가 있고 난 뒤 모교인 피안대의 저조한 합격률로 인해 주위에서 조롱 섞인 걱정이 담긴 연락이 많이 왔다고 한다. 그는 이어서 합격률과 관련된 공부 방법 및 변호사로서의 삶의 자세를 강연했다. 강연 내용을 요약해보면 이렇다.

"여러분 최근 피안대가 합격률이 좋지 않은 것은 여러분들이 학교 수업을 등한시하고 학원 수업만 듣기 때문입니다. 여러분들이 교수를 무시하고 학원 강의만 주구장창 듣는 거다 압니다. 하지만 고작 사법시험도 합격 못 한 강사 따위를 어떻게 교수와 비교합니까? 우리 학교 교수님들은 정말 수업 준비를 열심히 하십니다. 학교 수업과 학교 강의교재를 중심으로 공부하세요. 여러분의 수준은 교수를 감히 평가할 레벨이 아닙니다."

선배의 말도 일리가 있긴 하다. 정말 좋은 교수도 있다. 하지만 얼치기 불한당도 많다. 앞서 2080이라 하지 않았는가. 부실한 교재와 PPT의 조잡한 퀄리티와 허접한 전공 실력에다가, 질문을 하면 당황하면서 도전으로 받아들이는 교수들이 너무 많다는 점이 문제인 것이다.

원래 주제는 '사회 정의를 위해 변호사가 나아가야 할 방향'인데, 선배 변호사는 변호사시험 공부법에 대한 강연에 이어서 변호사 시장에 대한 자신의 입장을 늘어놓았다.

"시험을 합격하더라도 변호사가 예전만큼 힘이 없습니다. 이게 다 왜냐? 변호사 숫자가 너무 많기 때문입니다. 여러분도 어려운 시험을 합격하면 떵떵거리고 살고 싶지 않습니까? 지금 변호사 후려치기가 날이 갈수록 심해지고 있습니다. 여러분의 미래를 위해서라도 변호사 숫자를 줄여야 합니다. 그리고 여러분은 그 줄어든 숫자 안에 들어가도록 열심히 공부하세요."

강연이 끝난 뒤, 선배 변호사가 학생 시절에 국민들의 법률 서비스 문턱이 낮아지도록 변호사 숫자를 늘려야 한다며 매 시위마다 적극 참여한 학생이었다는 사실을 알게 된다.

이어진 학생들의 질문시간에, 졸업 후 변호사의 정치계 입문 정석 코스인 공익 단체를 설립한 후 그것을 발판으로 정치권에 발을 담그고자 했던 김소혜 학생이 인권 변호사는 어떻게 되는지 물어보았다.

"여러분들, 제가 인권 동아리 회장 출신인 거 아시죠? 저도 처음에는 사회적 약자의 인권을 위해 어떤 모진 일이든 다 했습니다. 하지만 현실은 녹록치 않았습니다. 선배 인권 변호사는 정치인이 되고 싶은 마음에 후배들을 부려먹었습니다. 매일 야근에, 임금 체불로 고생하는 건 사회적 약자가 아닌 바로 저였습니다. 저의 인권은요? 3년의 시간 동안 기다려준 처자식들의 인권은요? 여러분들이 생각하는 인권 변호사는 그저 국회의원 한자리 잡아보고자 당장은 돈이 안 되더라도 투자의 개념으로 잠시 사회적 약자를 도와주는 예비 정치꾼에 불과합니다.

3년의 로스쿨 재학 기간 동안 뒷바라지해준 아내에게 미안할 정도로 적은 봉급을 받고 새벽 늦게 퇴근한 후 씁쓸한 마음에 편의점에서 술을 마시는데, 이런 나를 위로해주는 건 그나마 술을 살 수 있게 해준 돈이더군요.

여러분, 사람이 사람을 배신할지언정 돈은 사람을 배신하지 않습니다. 돈만큼 여러분 곁을 지켜주는 건 없습니다.

돈이 없으면 인권 변호사 노릇을 하다가 정치인이 되는 것도 불가능합니다. 돈을 생각하십시오. 물론 돈이 전부는 아니지만 그만한 게 없습니다. 돈으로 행복을 살 순 없지만 불행에서 벗어나게 해줄 수는 있습니다."

모이면 정치인과의 친분을 과시하거나 정치 얘기만 하며, 나중에 국회에서도 함께하자는 인권 동아리 소속 학생들의 얼굴이 붉어지는 게 보였다.

물론 그 후로도 인권 동아리 학생들은 쉬는 시간마다 어떤 공익 프로그램과 단체를 만들어야 정치판에 먹혀들지 대화를 나누곤 한다. 그들의 대화에서 주목할 점은 그들이 들먹이는 공익 프로그램이나 단체에 항상 '정의' '공정' '연대' '공공' '아름다운' '따뜻한' 등의 수식어를 붙인다는 것이다. 아마 그들은 정치인이 못 되더라도 작명가로는 성공할 것이다.

참고로, 선배 변호사는 초기 기수로 객관식 150개 중 31개를 맞히고 합격한 베라 변호사다. 그렇다고 31개를 함부로 무시하지 말자. 오지선다 150문제를 한 줄로 밀면 25개는 맞힐지언정 31개를 맞힐 수는 없다!

○

애프터 로스쿨
_페르소나 가면, 치유

전문직 관련 인터넷 커뮤니티는 다른 커뮤니티와 달리 전문직임을 나타낼 수 있는 자격을 인증해야 가입할 수 있다. 외부인들에게 전문직 내부의 사정을 알리고 싶지 않기 때문이다. 로스쿨 준비생에게 '서로연'(서로 돕는 로스쿨 연합)이라는 인터넷 카페가 활성화되어 있듯이 로스쿨생에게는 '애프터 로스쿨'이라는 인터넷 카페가 있다. 재학생임을 증명할 수 있는 서류를 운영자에게 보내면 애프터 로스쿨에 가입할 수 있다.

서로연와 달리 애프터 로스쿨에는 익명 게시판이 있다. 애프터 로스쿨의 주류 게시판이기도 하다. 갓 로스쿨에 입학한 학생들은 순수한 마음에 시험 준비와 관련된 정보를 얻고자 가입하게 되는데, 그들에게는 충격으로 다가갈지도 모르는 글들이 올라온다.

익명 게시판에 올라오는 글들은 시기에 따라 달라지기는 하지만 대부분 젠더 갈등, 성폭력 관련 19금 발언, 지역감정, 학벌 비하, 선배와 후배들 간의 갈등, 교내 동기생들에 대한 욕, 변호사가 타 전문직보다 못하다는 자조적인 글, 그리고 로스쿨 교수에 대한 욕 및 학원 강사들에 대한 평가들이 주를 이룬다.

그중 학벌 비하 글은 정말 가관이다. 어릴 적부터 공부만 해서인지 그들에게는 공부가 인생의 근본이자 전부이며 학벌은 인생의 훈장이다. 서울권 로스쿨생은 지방 로스쿨생과 자신들이 같은 로스쿨생으로 취급되는 게 싫어 지방 로스쿨을 폐지해야 한다고 비하하며, 인서울 로스쿨 학생 중 상위 인서울 로스쿨 재학생은 다시 하위 인서울 로스쿨을 동급 취급하지 말라며 비하한다. 지방대끼리도 싸운다. 지거국 로스쿨은 지사립 로스쿨을 폐지해야 한다고 주장한다. 학벌주의가 낳은 가여운 괴물들이다. 웃픈 점은 이 카페가 중고생이 가입하는 사이트가 아니라는 사실이다. 이십대 후반부터 삼사십대 어른들이 가입한 카페인 것이다.

변호사시험 합격자 발표 즈음에도 재미있는 장면을 볼 수 있다. 합격 발표 전날, 아니 불과 몇 분 전까지만 해도 다들 합격자 수를 늘리자고 일치단결된 모습을 보여주지만, 합격자 발표가 나자마자 합격한 자는 불합격한 자를 조롱하며 이제 변호사 수를 줄이자는 글이 수없이 올라오기 시작한다.

다시 한 번 명심하자. 로스쿨은 정의와 인권 그리고 사회적 약자를 보호하는 변호사를 양성하는 곳이며, 이 게시판에 올라온 것은 모두 (예비) 변호사들이 쓴 글이다.

애프터 로스쿨에 게시된 글 내용을 더 자세히 다루고 싶지만 이 책의 주제는 로스쿨 생활기이지 야설이 아니기에 그만두련다. 시간이 된다면 애프터 로스쿨을 검색하여 게시판에 올라온 글들의 제목만이라도 확인해보시라. 이러한 애프터 로스쿨의 특성상 교내 재학생들끼리는 서로가 애프터 로스쿨을 하는 걸 드러내지 않는다. 오히려 애프터 로스쿨을 하는 사람을 정신병자 취급한다.

예전에 애프터 로스쿨을 하는 걸 들킨 동기가 있었다. 검뽕에 취해 있는 정기훈 학생은 애프터 로스쿨은 정의롭지 않은 곳이라며, 그 동기를 맹비난했다. 나중에 알게 된 사실이지만, 검찰을 비난하는 글들이 게시되면 본문보다 더 긴 댓글로 반박을 하던 극성 가입자가 바로 정기훈 학생이었다. 내로남불이 따로 없다.

성경에는 매춘부를 비난하는 무리들에게 예수가 "죄 없

는 사람이 먼저 돌을 던지라."고 말한 구절이 있다. 애프터 로스쿨 가입자는 역대 로스쿨 총입학자와 맞먹는다. 더 이상 무슨 말이 필요할까. 그렇다. 돌을 던질 수 있는 자는 없다.

TV에서 인터넷 문화에 대한 광고를 본 적이 있다. 겉으로는 멀쩡한 사람이 인터넷을 시작하면서 가면을 '쓰게' 되고, '익명성'을 이용해 악성 글들을 쓰는 모습으로 변해가는 내용이다.

애프터 로스쿨에 적힌 글들을 보면 다른 생각이 든다. 심리학에서는 페르소나 가면을 '개인이 사회생활 속에서 사람들로부터 비난받지 않기 위해 겉으로 드러내는, 자신의 본성과는 다른 태도나 성격'으로 정의하는데, 게시판 글들을 보다 보면 어쩌면 '익명성'이 오히려 가식적인 페르소나 가면을 '벗고' 마음속에 담아두었던 진실된 나를 보여주는 것이 아닐까 생각된다. leet 기출문제 중에서 이청준의 「가면의 꿈」이 출제된 적이 있다. 법관인 주인공은 진실된 나를 보호하기 위해 가면을 쓰게 되고, 가면만 쓰고 있는 자신에게 지치자 투신한다는 단편 소설이다.

선과 악이 공존하는 인간이 악을 숨기고 선함만 보여주다 보면 지친다. 처음 애프터 로스쿨에 가입하는 학생들은 게시판의 글들을 보고 당황하지만 나중에는 그들 자신도 열렬

한 익명 게시판 글쓴이가 된다. 애프터 로스쿨의 익명 게시판은 로스쿨 생활을 하면서 써야만 했던, 그러다가 지친 자신에게 페르소나 가면을 벗게 해주어 잠시나마 위안을 얻을 수 있는 안식처 역할을 해주는 걸지도 모른다.

이러한 나의 글이 정의와 인권의 수호자라는 법조인에 대한 환상을 깨트리는 것일지도 모른다. 하지만 법조인도 다른 이와 하등 다를 바 없는 선하고 그리고 악한 인간이다.

"숲을 가꾸듯, 우리 또한 내면의 악에 감각을 기울여야 한다. 악을 못 본 척하거나 처음부터 악 따위는 없었던 듯 행동하지 않아야 한다. 악을 정면으로 바라보고 정성을 다해 다루어야 한다. 인간으로서 더욱 크고 강건하게 성장하기 위해 자신 안에 자리한 악과 온전히 마주해야 한다."
_니체, 『생성의 무죄』에서

니체의 말처럼 우리는 좀 더 인간의 악함에 관대해질 필요가 있다. 타인이 아닌 자신을 위해서….

열람실 전쟁
_소리 없는 전쟁터

로스쿨 생활은 3년 내내 학부 시절 시험기간을 보내는 것과 같다. 학교 수업이 끝나면 매일 밤늦게까지 자율적인 공부 시간을 가지기에 공부 장소는 중요한 선택 영역이다. 공부 장소는 크게 네 가지로 나뉜다. ①집 공부파, ②열람실파, ③중앙도서관파, ④강의실파.

입학 초기에는 열람실파가 대다수를 차지한다. 입학 초부터 관심이 있는 학생을 만나기 위해서, 또는 '우리는 하나다'라는 기수 대표의 말처럼 동기애를 다지기 위해서 로스쿨생 다수가 모이는 열람실에서 공부를 한다. 애프터 로스쿨이나 선배들의 조언을 듣고, 동기들과 거리를 두기 위해 열람실에 들어올 생각도 하지 않고 집에서 공부하는 집 공부파 학생들도 드물게 있다.

좁은 닭장에서 사육되는 닭들은 스트레스를 받아 스스로 계란을 깨거나 주위 닭을 쫓아내어 폐사시키는 일들이 벌어진다. 마찬가지로 시험 스트레스 때문에 신경이 곤두서 있는 학생들이 열람실에 모이면 갈등이 일어날 수밖에 없다. 문 여닫는 소리가 시끄럽다는 둥, 발소리가 시끄러우니 조용히 지나가라는 둥, 지나가면서 열람실 자리를 쳐다보지 말라는 둥, 열람실 밖에서 소리 내어 떠들지 말라는 둥, 담배 냄새, 홀아비 냄새가 나니 씻고 다니라는 둥, 절도 사건이 발생했으니 조용히 자수하라는 둥(절도가 아닌 당사자가 물건을 다른 곳에 놔둔 후 잊어버린 경우다.), 시선 강간하지 말라는 둥(여대 출신의 양성평등위원장이 여자 학우의 말만 듣고 남자 원우들에게 시선 강간하지 말라고 엄포를 내놓는다.) 펜 소리가 시끄럽다는 둥, 숨소리가 크다는 둥 단 하루도 바람 잘 날이 없다.

절도 사건과 관련해 큰 소동이 벌어진 적이 있다. 택배로 독서대를 주문한 학생이 있었다. 그의 휴대폰에 주문한 물건이 도착했으며 보관함에 갖다났다는 문자가 떴지만 물건이 없다. 그런데 하필 그때 김석균 학생이 똑같은 독서대를 이용하고 있었다. 학생회는 김석균 학생에게 독서대가 어디서 났는지 묻는다. 김석균 학생은 산 것은 아니고 근처 분리수거함에

버려져 있길래 가지고 왔다고 답변한다. 그러자 자신들이 검사가 된 것인 양, 학생회와 물건을 분실한 학생은 집요하게 김석균 학생을 추궁한다. 이때도 여지없이 검뽕에 취한 정기훈 학생이 자신이 합리적인 의심의 여지없는 증명으로 학생회를 돕겠다며 끼어들었다.

억울한 김석균 학생은 CCTV를 돌려보자고 한다. 그러나 개인의 사생활을 존중해달라는 학생들의 요구에 따라, 이미 교내 CCTV는 모두 제거되어 있다. 김석균 학생은 흥분이 복받쳐 독서대를 2층에서 건물 밖으로 던져버렸다. 이를 본 정기훈 학생은 증거 인멸이라고 비난한다. 그렇게 소동이 커져가던 중 택배가 도착한다. 택배기사는 구 법대 건물과 로스쿨 건물을 착각했다고 말한다.

김석균 학생의 독서대는 이미 부서져버렸다. 책임은 누가 져야 하는가. 사건 해결 의무가 있다고 착각한 학생회인가, 옆에서 끼어들어 불난 집에 부채질을 한 정기훈 학생인가, 아니면 분실했다고 주장한 학생인가, 실수로 다른 곳에 갖다놓은 택배기사인가. 결국 미안하다는 말만 할 뿐 책임지는 사람은 아무도 없다.

갈등이 당사자 간에 원만히 해결되면 오히려 더 끈끈해질 수 있는 기회가 될 수 있다. 하지만 갈등이 발생했을 때 당사자 간의 직접적인 해결이 아니라 학생회가 중개자가 되어 익명으로 컴플레인을 공지하는 시스템이기에, 공지를 본 학생들은 실제 관련이 없는데도 자신에게 문제가 있지 않은지 자기검열을 할 수밖에 없고, 이러한 자기검열은 스트레스로 이어진다. 더 큰 문제는 정작 당사자는 모르는데 학생회에서 스모커 패밀리를 통해 은연중에 실명을 유출하는 경우다.

이러한 감정 소모에 지친 학생들은 혼자 공부하는 학생들을 부러워하게 되고, 시간이 흐르면 집 공부파나 학부생들이 이용하는 중앙도서관파나 강의실파가 된다. 중앙도서관파는 아는 동기생이 없으니 타인의 시선을 인식하지 않아도 되는 큰 장점이 있으나, 학부생들이 내는 소음 때문에 시험기간에 집중을 하기 어렵고 또한 많은 책을 가방에 넣고 다녀야 하는 단점이 있다.

강의실파는 소수의 마음이 맞는 동기들끼리 모여 스터디 모임을 만들고 미리 신청한 강의실에 모여 공부를 하는 경우다. 하지만 이 경우에도 빈 강의실 경쟁이 치열하고, 로스쿨 건물 내인 만큼 보고 싶지 않은 학생과 마주쳐야 한다는 단점이 있다.

열람실파를 도중에 그만두면 이 또한 다른 동기들에게 '헛'소문 거리가 되기에 나는 열람실파로 남았다.

그러던 중 수업만 끝나면 허겁지겁 짐을 챙겨 집으로 가며, 열람실에는 얼씬도 하지 않는 집 공부파 이유철 학생과 우연히 대화를 나누게 되었다. 집 공부파의 특성상 대화를 나눌 기회도 없을뿐더러, 무척 타인을 경계하는 그이기에 좀처럼 말을 섞기가 쉽지 않았다. 나이는 내가 많지만 반말은 어색해서 존댓말로 대화를 하게 된다.

먼저 공부가 잘 되어가는지 물었다. 이유철 학생은 대답한다.

"네, 나름 열심히 하고 있어요. 근데 왜요?"

역시 경계하는 말투로 대답을 한 이유철 학생이다. 나는 친근한 표정으로 혼자 공부하는 게 힘들지 않는지 물어보며 다가간다.

이유철 학생은 한숨을 쉬며 대답한다.

"아무 정보도 없이 혼자 공부하기 힘들죠. 하지만 주위 선배들이 절대 열람실에 가지 말고 혼자 공부하라더라고요. 그래서 아직까지 열람실에 안 가고 있네요."

나는 충분히 그 말을 이해한다고, 잘하고 있다고 격려해 주었다. 하지만 그다음 이유철 학생의 말은 의외였다.

"집 공부만 하는 것도 힘들어요. 정보력에서 뒤처지는 건 감안했지만, 학교에 가면 마치 내가 무슨 잘못이라도 한 양 이상한 시선으로 쳐다봐요. 그러면 내가 정말 뭔가 잘못한 것 같기도 하고, 집에 가도 계속 신경이 쓰여 공부를 못 하게 되네요.

그리고 집이 서울이라 대화할 상대가 없어 벙어리처럼 며칠 동안 대화를 안 한 적도 있어요. 생각보다 집에서 공부하는 것도 별로인 것 같아요."

그때 집 공부파도 나름의 스트레스와 외로움을 많이 느낀다는 것을 알게 되었다.

이 글의 부제인 '소리 없는 전쟁터'라는 표현을 보고 서로가 소리 없이 공부에 몰두하며 성적 경쟁을 벌인다는 의미로 받아들였다면, 그건 잘못 예단한 것이다. 이곳은 앞에서 드러나지 않지만, 뒤에서 타인에게 상처 주고 상처를 받는 곳이기에 소리 없는 전쟁터인 것이다.

특성화 교육
_완벽한 실패작

학생들은 로스쿨 입학을 위한 자기소개서를 작성할 때, 교수들에게 잘 먹히도록 자신의 진로가 해당 로스쿨의 특성화 교육과 관련되어 있다는, 마음에도 없는 문구를 집어넣는다. 나 또한 그랬다. 가군의 로스쿨에는 그에 맞는 조세법 전문변호사가 되길 희망한다고 했고, 나군의 로스쿨에는 지식재산권 전문 변호사가 되길 희망한다고 썼다. 하지만 입학을 하고 난 뒤 실상은 전혀 다르다는 것을 알게 된다.

특성화 교육은 로스쿨 제도를 만들 때 사법시험과의 차별성을 위한 교육 시스템으로, 송무 이외의 다양한 분야에서 전문변호사를 양성하겠다는 취지로 도입되었다. 특성화 교육은 각 로스쿨마다 환경법, 부동산 관련법, IT법, 글로벌기업법무, 국제거래법, 금융·조세법, 생명의료법, 지식재산권, 문화법, 국제소송법, 중소기업법무, 공익 인권 등 여러 가지가 있다. 하지만 결론부터 말하자면 뉴스에도 자주 나왔듯이 특성화 교육제도는 완벽하게 '실패'했다.

각 로스쿨이 해당 특성화 과목을 개설했더라도 극소수의 인원만이 수강신청을 하는 바람에 폐강되기 일쑤고, 특성화 교육 수강을 하더라도 변호사시험에 실질적 도움이 되는 다른 수업을 한다.

그렇다면 왜 이렇게 특성화 교육이 실패하게 되었을까? 이는 미시적 그리고 거시적 관점에서 파악할 필요가 있다. 미시적 관점에서, 우선 학생의 측면에서 보자

학생은 로스쿨 학교를 선택할 때 특성화 교육을 보고 선택하지 않는다. 샤대 로스쿨에 들어갈 수 있는데도 조세법을 전문하기 위해 하위 로스쿨을 선택할 학생이 있을까? 단언컨대 존재하지 않는다. 학생들은 특성화 교육을 보고 입학하는 것이 아니라 자신의 스펙에 맞는 로스쿨에 입학한다. 비특성화된 영역인 민형사 부문에서 송무를 하는 변호사가 되고 싶은 학생들에게 흥미 없는 특성화 교육을 강요할 수는 없다. 특성화는 변호사시험 합격 후 진지하게 생각해도 늦지 않다.

교수의 측면에서도, 로스쿨 제도 도입 당시 로스쿨 유치

및 정원 확보 경쟁에만 몰두하느라 실력 있는 교수를 임용하는 일에는 소홀한 면이 있다. 일단 인가를 받은 후에는 철밥통 속에 안주한다. 피안대 로스쿨만 해도 그렇다. 변호사시험과 관련이 없는 과목이라는 면에서 가벼운 마음으로 수강하는 점은 교수들에게도 이점으로 다가온다. 교수들은 수업 준비를 제대로 하지 않고 해당 수업과 관련이 없는 정치 얘기만 늘어놓다가 수업을 마친다.

거시적으로 본다면, 법조시장에서는 수요와 공급의 변수, 즉 취업 여건에 따라 전문화 영역이 크게 부각되지 않는다. 교내에서 배운 특성화 교육이 실무에 도움이 되는 경우도 있겠지만 특성화 교육에서 배운 대부분의 전문 지식은 그것을 쓸 만한 시장이 충분히 조성되어 있지 않기 때문이다.

변호사시험과 연관시켜 보면, 변호사시험의 평가 항목인 선택과목과 맞지 않은 특성화 영역이 너무 많다. 로스쿨 인가를 받기 위해 선택과목과 별 무관한, 특성을 위한 특성화 영역이 많이 생겨나게 된 것이다. 물론 변호사시험 선택과목과 연관을 가진 특성화 교육 로스쿨은 미약하게나마 특성화 교육을 유지하고 있다고 한다.

보도에 따르면, 그 주요 원인으로 변호사시험 문턱이 높아진 점을 꼽는 듯하다. 학생이든 교수든 할 것 없이, 로스쿨 합격률 정상화가 이루어진다면 특성화 교육도 제 자리를 잡을 것이라고 말한다. 그럴듯한 말 같다. 하지만 나는 이에 동의하지 않는다. 이 역시 인간의 속성을 몰라서 하는 말이다. 인간은 뛰면 걷고 싶고, 걸으면 서고 싶고, 서면 앉고 싶고, 앉으면 눕고 싶어 한다. 변호사시험의 합격자 수가 늘어나 합격률이 높아진다고 해서 학생들이 특성화 과목을 듣게 되고, 교수들은 열성적으로 특성화 과목을 가르치게 될까? 아니다. '31'이라는 숫자를 기억해야 한다. 학생들은 시험 과목도 제대로 공부하지 않는데 시험에 나오지도 않는 특성화 과목을 열심히 공부할 열정 따윈 없다.

과거 1기, 2기 베라 변호사 시절에는 변호사시험 당일에도 저녁이면 으레 술 모임이 벌어졌고, 전국 로스쿨들이 함께 기획하여 여는 로스쿨 축제도 있었으며, 재학 중 여행을 자주 갔다는 자랑은 있었을지언정 특성화 과목을 열심히 들었다는 얘기는 들어본 적이 없다. 현시점의 교수들을 보건대 그들이 과거에는 특성화 과목을 열성적으로 가르쳤을 거라고 보이지도 않는다.

실패는 실패다. 수정의 여지가 있을망정 현시점에서는 교수도 암묵적으로 인정하는 실패다. 그러니 입시생들은 억지로 특성화 교육을 연관지어 자기소개서를 적을 필요가 없다. 교수들도 대외적으로 특성화 교육과 연관지어 로스쿨을 홍보하는 행위는 하지 않았으면 한다.

○

1학년 겨울방학
_변호사는 원죄를 지고 태어난다

1학년 겨울방학에는 2학년 때 배우게 될 후사법 중 상법과 행정법을 선행 공부하면서, 기본 3법 및 민사소송법, 형사소송법의 복습 및 사례형 쓰기 연습을 하게 된다. 교수들은 사례형 공부를 강조하지만 사례형을 쓰는 요령은 가르쳐주지 않는다. 사례형을 쓰는 방법을 물으면 로스쿨 교수는 한껏 진중한 어투로 이런 말을 한다.

"사례형 글쓰기는 누가 가르쳐서 깨치는 게 아니네. 스스로 깨쳐야 하네."

그러면 로스쿨은 왜 있지? 어이가 없지만 혹독한 독일의 겨울을 거친 그들은, 앞에서도 말했지만 그들만의 생각이 있다.

반면, 학원에는 사례형 강의가 개설되며, 대부분의 학생들은 기본 강의와 더불어 사례형 강의를 듣는다. 물론 이 또한 인터넷 강의가 있어 학원에 직접 가지 않고도 강의를 들을 수 있다.

학생들은 나중에 동문회를 할 때 교수들이 아닌 학원 강사들을 스승으로 초청해야 하는 것 아니냐고 말할 정도로, 사법시험 시절과 다를 바 없이 학교 교육이 아닌 학원 교육으로 변호사가 양성된다. 이는 법대 교수가 실무가 배출을 위한 로스쿨 도입 이후에도 변하지 않았음을 웅변한다.

그렇다면 천만 원에 달하는 등록금과 생활비, 도서 구매 비용 지출도 감당하기 힘든데 고액의 학원 인터넷 강의는 어떻게 구하게 되는 걸까?

간단하다. 정식 경로가 아닌 불법 동영상 파일을 다운로드 받으면 된다. 전문적으로 불법 동영상 강의를 제작하는 업자가 있으며, 그 업자에게서 저렴한 가격에 동영상 강의를 구한 학생들이 다시 용돈을 벌고자 더 저렴한 가격에 되팔아 결국 100만 원짜리 인터넷 강의를 10만 원도 안 되는 가격으로 구할 수 있다. 이러한 행위는 저작권법 위반이다. 즉 범죄다. 돈이 넉넉한 학생이라도 쉬운 방법으로 90만 원을 아낄 수 있으니 흔히 저지르게 된다. 인터넷 동영상 강의 공동구매 스터디 모임도 있다. 엄밀히 말하면 로스쿨 내에 일종의 범죄 조직이 존재하는 셈이다.

　범죄 실행 방법도 독특하다. 로스쿨 커뮤니티 사이트에서 자음만 사용한 글을 올리면 게시자에게 인터넷 쪽지를 보내 1:1대화방으로 초대받는다. 그 후 계좌 입금이 아닌 추적이 불가능한 문화상품권 핀번호를 이용하여 거래한다. 참으로 완전 범죄를 꿈꾸는 훌륭한 예비 법조인들이다.

　아직 불법 동영상 제작물이 유통되지 않은 강의의 경우 삼삼오오 모여 공동구매를 한 후 강의실에서 빔 프로젝트로 공동 수강을 한다. 이 또한 범죄다. 하지만 이제 교수들도 변호사시험의 현실을 알기에 묵인한다. 이러한 범법행위는 소수의 학생만 저지르는 것이 아니다. 내가 아는 한, 적어도 학생 열에 아홉은 이러한 범법행위를 한다.

　그렇다. 모든 변호사는 원죄를 지고 태어나는 것이다.

　아이러니하게도 로스쿨 학생들은 이러한 범죄를 저지르는 데 전혀 죄책감을 느끼지 않는다. 이러한 저작권법 위반행위는 죄책감을 느끼지 않는 현대 사이버 범죄의 특성을 전형적으로 보여준다.

　현대 사이버 범죄와 비견해보면,

　첫째, 10분도 안 되는 시간 동안 마우스와 키보드만 까닥

거리면 범죄가 완료되는 범죄 실행의 '용이성'

둘째, 피해자인 학원 관계자들이 가해자를 알 수가 없다는 '익명성'

셋째, 자기 혼자만 범죄를 저지르는 게 아니라 전국의 수천 명 학생들이 같은 범죄를 저지르기에 집단 속에 몸을 숨길 수 있다는 '집단성'을 띠고 있다.

이러한 현대 사이버 범죄의 특징에 더해 로스쿨 학생들의

넷째, 나는 사회에 공헌할 정의로운 법조인이 될 것이므로 미래를 위해 지금은 소소한 범죄를 저질러도 된다는 '선민사상'도 한몫한다.

동영상 불법 복제뿐만 아니라 교재 불법 복제도 횡행한다. 1학년 수업 중에 목도한 일이다. 수강생이 30명이 넘는 강의에서 정식으로 출판된 교재를 사용하는 학생보다 불법으로 복사, 제본된 책을 사용하는 학생이 더 많았다. 교수도 뒤늦게 확인한 후 학생들에게 이것이 저작권 위반이라는 건 아는지 넌지시 물어보는데, 그 어떤 학생도 대답하지 못했다.

이것이 불법이라는 것은 중고등학생도 안다. 변명의 여지가 없는 범죄다. 커피 값보다 못한 돈 몇 천원 아끼려고 나도 하고 너도 하니 슬그머니 편승하여 범죄를 저질렀을 뿐이다.

더욱 웃픈 사실은 이 수업이 법조윤리 시간이었다는 거다. 뭐, 저작권법 수업이 아닌 걸 다행이라고 해야 할까.

우리 사회에는 여전히 장발장과 같은 생계형 범죄가 자주 일어난다. 웃기지 아니한가. 배고픈데 돈 몇 푼이 없어 저지른 범죄자를 벌하기 위해 마주선 검사, 그를 재판하기 위해 높은 위치에 앉아 있는 판사, 그리고 옆에 서 있는, 반성하면 집행유예를 받을 수 있다며 무릎이라도 꿇고 반성하는 모습을 보이라는 변호사가 이미 푼돈의 범죄를 저지른 범죄자라는 사실이…

2학년
1학기

커리큘럼
_후사법, 경찰 실무

2학년 1학기는 후사법을 집중적으로 공부하게 되는 시기다. 형사소송법과 민사소송법의 경우 후반부 부분을, 상법과 행정법은 총론에 해당하는 영역을 시작하게 된다.

후사법의 중요한 수험적 의의는 경쟁자들과 출발선이 같다는 것이다. 지방대 로스쿨일수록 입학생 중 사법시험 등의 고시 경험자들이 많다. 교수들이 학생들을 가르칠 실력은 안되고, 그렇다고 노력은 하기 싫고, 그래서 선행 공부를 오랫동안 한 고시 경험자를 뽑는 것이다. 사법시험의 1차 시험을 헌민형(헌법, 민법, 형법) 기본 3법 객관식 시험으로 봐왔기에 헌민형만큼은 귀신이다. 그러나 후사법을 제대로 공부하고 온 학생은 적다.

사법시험 1차 합격 출신자들의 기본 3법 실력으로 인해 비법 출신의 젊은 학생들은 초기에는 교내 성적에서 밀리는 경향이 있다. 그러나 후사법 중심으로 배우는 학기부터는 성적이 역전되는 현상이 실제로 많이 일어난다. 비법 출신들은 사법시험 유경험자들과 경쟁하기 위해 입학 후 치열한 노력을 해왔으나, 사법시험 유경험자들은 상대적으로 느긋하게 1학년을 보냈고 그 느긋함이 습관이 되어버렸기 때문이다. 이런 사법시험 유경험자들은 알다시피 사시 아재라 불리는 자들이다. 중필이 형님도 20년의 사시 공부가 무색할 정도로 2학년이 되면 어린 비법 학생들에게 뒤처지기 시작한다. 그렇다. 2학년이 되는 이 시기가 중필이 형님이 토사구팽당한 시기다. 토사구팽이라는 이 사자성어에는 더욱 슬픈 사실이 있다. 중필이 형님이 피해의식으로 자신이 더 이상 쓸모가 없어졌다고 느끼는 게 아니라 정말로 쓸모가 없어진 것이다.

후사법과 관련된 수험적 조언을 첨언하자면, 복싱 명언 중에 "레프트를 정복하는 자가 세계를 제패한다."는 말이 있듯이 후사법을 정복하는 자가 변호사시험에 합격한다.

경찰 실무수업도 2학년 1학기 커리큘럼의 백미다. 민·형사재판 실무나 검찰 실무 같은 실무수업은 외래 교수가 출강하여 수업을 하는데, 그중 가장 먼저 듣게 되는 것이 경찰 실무수업이다. 교내 교수들의 허접한 수업에 실망한 학생들은 외래 교수의 뛰어난 강의 실력을 기대한다. 외래 교수의 강의력도 복불복이라는 말도 있지만, 이번에 출강하신 외래 교수는 로스쿨 교수는 아니지만 로스쿨에서 지향하는 소크라테스식 강의로 많은 흥미를 돋구었다. 주어진 상황에서 경찰은 어떠한 판단을 할 것인지 학생들에게 묻고, 구체적인 사안마다 달라질 수 있음을 적절하게 설명한다.

아마 로스쿨을 소재로 한 드라마가 나오면 이런 소크라테스식 강의가 자주 나올 것이다. 드라마의 극적인 연출을 위해서는 소크라테스식 문답형 대화가 유용하기 때문이다. 하지만 현실은 다르다. 로스쿨 교수에 대한 질문은 곧 권위에 대한 도전이다! 독일의 혹독한 겨울을 견딜 준비가 되지 않은 자는 도전하지 말길 바란다. 드라마에 나오는 로스쿨은 최하위가 아닌 최상위 로스쿨일 테지만, 국내 최상위 로스쿨에는 독일의 혹독한 겨울을 견딘 교수들이 더 많다는 걸 참고하기 바란다.

경찰 실무수업의 성적은 후에 경감 특채 임용에서도 유의미하게 작용한다. 경감 특채란 변호사시험 합격자를 대상으로 6급 공무원인 경감으로 채용하는 것을 말한다. 과거 사법시험 시절에는 사법시험의 위상에 걸맞게 5급 공무원인 경정으로 특채했고 이마저도 경쟁률이 미달인 경우가 있었으나, 최근 로스쿨 제도를 통해 배출되는 변호사 수가 많아지자 6급으로 한 단계 낮췄는데도 지원자는 넘쳐난다. 최근 수사권 조정 관련 이슈가 더해져 경감 특채로 뽑는 인원이 늘어나고, 학생들에게도 인기가 많아지고 있다. 참고로, 다른 공공기관에도 경력이 없다면 6급 계약직으로 임용된다.

7급으로 낮추려는 시도도 있었지만 로스쿨생들의 반발로 무산되었다. 사실 그 당시 7급 채용에 지원하고자 한 변호사들이 있었지만, 지원자들의 신상을 추적해 공개하겠다는 협박 여론이 로스쿨 커뮤니티에 확산되자 결국 지원자들은 지원을 철회했다. 직역 수호를 위해 다른 이들의 입장도 용납하지 않는, 참으로 정의로운 집단이라는 생각이 든다.

경감 특채에 대해서 마지막 조언을 하자면, 경감 특채에서 '실질적으로' 중요시하는 것은 체력이다. 체력의 배점 자체는 크지 않지만 워낙 운동과 거리가 먼 학생들이 모인 곳이 로스쿨이다. 특히 3학년이 되어 변호사시험을 칠 때쯤이면 몸이 많이 망가져 있다. 도저히 체력검사에서 좋은 점수를 받을 수 있는 형편이 아니다. 이런 상황에서 운동을 취미이자 특기로 가진 체력 좋은 학생은 다른 평가요소가 좋지 않더라도 임용될 가능성이 매우 높아진다.

동기 중에서도 경감 특채를 희망하는 학생이 있는데, 이 학생이 앞서 언급한 저작권법 위반행위를 전문적으로 하여 수익을 얻는 판매업자인 것은 소수만 아는 비밀이다.

○

연애
_전쟁터에도 꽃은 핀다

글을 쓰다 보니 로스쿨에 대해 너무 부정적인 이야기만 하는 것 같아 분위기를 바꿔서 사랑 이야기를 해보겠다. 로스쿨 내에서의 연애 이야기는 어떤 드라마보다 흥미(?)롭다. 이십 세 중반부터 마흔이 넘은 남녀가 한곳에 모여 3년 동안 아침부터 저녁까지 같이 지내기에 커플이 생기지 않을 리 없다. 입학부터 졸업 때까지 여러 커플의 흥미로웠던 케이스를 나열해보겠다.

먼저, 남학생 선배와 나의 동기 이다경 학생의 기독교 커플 이야기다.

이 커플은 기독교 모임에서 만나 사귀게 된 케이스다. 다행히 둘 다 성적이 좋아 연애가 공부에 도움이 되지 않는다는 관념을 가진 교수들도 크게 걱정하지 않았다. 기독교 모임에서 만난 만큼 문란(?)한 연애는 하지 않을 것이라는 안심감도 있었던 것 같다.

문제는 선배 남학생이 먼저 변호사시험에 합격하고 난 뒤에 일어났다.

예전에 사법시험 시절부터 학원 강의를 해왔던 강사가 인터넷 강의에서 말해준 일화가 있다.

"전부터 총명했던 여학생이 합격하고도 학원 수강을 등록하는 거예요.

그래서 물어봤죠. 왜 합격했는데도 학원 등록을 하지요? 자세한 사정을 알고 보니 불합격한 남학생을 위해 대신 등록해주는 것이고 책이랑 독서실비도 다 내줬다는 거예요.

학생, 정말 남학생을 사랑하는구나, 라고 말해줬는데, 그 여학생 하는 말이 이래요. 자기는 이미 마음이 돌아섰는데, 이게 마지막으로 해줄 수 있는 선물이라는 거예요. 이별 선물인 거죠.

여러분 시험은 이렇게 잔인합니다. 이런 비극이 없기 위해서라도 둘 다 꼭 '동시에' 합격해야 합니다."

강의에서 들었던 일화가 내 눈앞에서도 벌어진 것이다. 남자 입장에서는 일 년을 더 기다려줄 이유가 없었던 모양이다. 로스쿨 재학 시절에는 마음만 보고 사귀었으나, 변호사가 되고 보니 주위에 외모도 출중한 여자들이 많이 있었기 때문이다.

남자가 변호사가 되고 난 뒤 두 달도 되지 않아 이 커플은 헤어지고 만다. 그날 이후 여자의 카톡 프로필은 검은색으로 바뀌고, 알림말은 '...', 배경음악은 케이시의 '행복하니'였다.

또 다른 커플은 학생회장(1학년 기대표를 하고 2학년 때 학생회장이 되었다.) 커플이다. 이 커플은 다른 무고한 학생들을 희생시키며 탄생한 커플이다. 1학년 기대표였던 남학생은 자신이 좋아하는 여자가 다른 남자를 좋아한다는 것을 알고 자신의 지위를 이용해 그 남자에 대한 악소문을 퍼트렸고, 이후 그 남자는 교내 열람실을 이용하지 못하게 되었다. 그뿐만 아니라 또 다른 남자가 그 여자를 좋아한다고 착각하여 또다시 악소문을 퍼트렸으며, 결국 그 학생도 학교에서 보기 힘들어졌다. 누구든지 학생회장의 여자를 건들면 X된다는 식이었다. 이런 일의 반복으로 분위기가 안 좋아지자, 학생회장은 회장의 업무를 내팽개치고 여학생과 함께 학교 밖 스터디카페에서 공부하게 된다. 학생회장인 박정수 학생과 동갑내기였던 나는 그에게 왜 이렇게까지 하는지 물어본 적이 있다. 자기 여자친구가 너무 예뻐서 주위에서 가만히 두지 않을 것 같아 불안하다고 한다. 콩깍지가 씌어도 제대로 씌었구나 싶었다.

외모가 출중한 커플도 있었다. 오리엔테이션 때 하늘색 코트를 입고 나타났던 이동혁 학생('프리 로스쿨' 편 참조)과 동기 중 제일 예쁘다고 평가받던 이미지 학생 커플이다. 이미지 학생은 학교 밖에 다른 남자친구가 있었지만 이동혁 학생의 재력과 끈질긴 구애 앞에 커플이 된다. 결국 오티 때의 목표를 달성한 셈이다. 이동혁 학생은 여자친구를 위해(?) 1년을 휴학했다가 같은 학년으로 수업을 듣고 우리와 함께 졸업하게 된다. 하지만 둘 다 공부와는 거리가 먼 커플이다. 성적도 매우 나빴으며, 변호사시험 합격은 언감생심으로 보였다. 이 커플의 특이한 점은 나이 차가 10살 넘게 난다는 것이다. 사랑에 나이가 중요한가 돈이 중요하지. 금수저 집안의 재력으로 변호사시험에 떨어져도 충분히 먹고살 수 있기에 불합격에 대한 걱정이 없어 보였다. 그게 그들이 시험에 합격할 수 없는 이유이기도 하지 않을까.

마지막으로 비극의 길을 걷고 있는 커플도 있다. 이 커플은 나와 네 기수 차가 나는 선배인데 둘 다 변호사시험에 합격하지 못해 아직껏 학교에 어슬렁거리는 커플이다. 이 커플은 내가 연애를 하지 않아야겠다는 마음이 들게 할 정도로, 위기감을 느끼게 하는 커플이다. 그 둘은 항상 두 손을 잡고 학교를 다닌다.

다른 특이한 케이스도 많다. 모두 40세가 넘어 연인이 된 중년의 커플, 돌싱 커플도 있다. 커플은 아니지만 독특한 남녀도 있다. 한 기수 후배인데, 사계절 항상 짧은 치마를 입고 십대 같은 귀여운 소리로 오빠, 오빠, 하며 다니는 삼십대 중반의 로녀*도 있다. 여자 동기들은 그녀의 목소리를 들을 때마다 표정이 일그러진다.

특이한 동기 남학생도 있다. 그는 여성 편력이 심하다. 대학교에 왔으면 대학생을 사귀어야 한다며 학부생들이 다니는 도서관을 다니고, 실제로 몇 명의 학부생과 사귄 남학생이다.

나는 뭐…, 글이 너무 길어지면 안 되니 이 이상 자세한 이야기는 생략하겠다.

---

* 통상 로스쿨 여학생을 로녀, 남학생은 로남이라 칭한다.

○

헤르미온느 이야기 Ⅰ
_낭중지추

비록 하위권 로스쿨이지만 낭중지추, 청출어람, 기재(奇才)라는 단어가 어울리는 학생이 있다. 이 학생은 영화 〈해리포터〉의 헤르미온느 같은 이미지다. 어떤 모임에도 참여하지 않고, 어떠한 인간관계도 만들지 않는다. 오직 공부만 한다. 소문으로는 아침 7시에 일어나 밤 11시까지 공부를 단 하루도 멈추지 않고 1년 넘게 계속하고 있다고 한다. 그렇기에 비법임에도 학년 내 최우수 성적을 자랑한다. 교수들도 이러한 모범적인 모습이 마음에 들어 헤르미온느에게 변호사시험 합격 후 독일에 유학 가서 혹독한 겨울을 경험한 뒤 자신의 후배 교수가 되지 않겠느냐고 제안하곤 한다. 이러한 모범생 같은 피안대 헤르미온느에게도 2학년이 되자 사건이 일어난다.

학기가 시작할 때마다 응시해야 하는 교내 학력고사 시험이 있다. 학력고사는 지금까지 배운 범위의 과목들을 시험 치는 것으로 친척의 결혼식이나 상(喪) 등 정당한 사유 없이 미응시하면 장학금 지급 대상에서 제외된다. 나는 학력고사 시험 일주일 전까지는 시험을 부수고 오겠다는 자신감을 가지고 있지만 결국 항상 부숴지는 건 나였다.

동기생들은 아직 마음의 준비가 되지 않았다고 학력고사 자체를 꺼려한다. 하지만 피안대 헤르미온느는 누가 헤르미온느 아니라고 할까 봐, 동급생과의 경쟁은 의미가 없다며, 3법만 시험을 치는 동급생 학력고사가 아닌 바로 위 기수 선배들이 응시하는 7법 전 범위의 학력고사 시험을 치겠다고 선배들이 모인 강의실에 들어갔다.

선배들은 후배가 왜 여기에 있냐고 조교에게 이의를 제기했지만, 피안대 헤르미온느는 이미 얘기가 되었다며, 남 신경 쓰지 말고 자기 일에 집중하는 게 합격의 지름길이라는 팩트 폭행을 선사해준다. 1교시 시험 후 선배 학생들은 단체로 시험 업무 담당 교수실로 몰려가 그 학생과 같은 강의실에서 시험을 칠 수 없다며, 시험 거부 투쟁을 하게 된다. 로스쿨생 종족은 특성상 혼자는 아무것도 못 하지만 함께 모이면 무슨 일이든 한다.

업무 담당 교수는 헤르미온느를 찾아가 왜 위 기수 선배들과 같이 시험을 치려고 하는지 물어본다. 헤르미온느는 말한다

"교수님, 저는 피안대 로스쿨을 4년제라고 생각해요. 항상 그래왔듯이 선배들은 대부분 시험에 떨어져 재시를 하게 될 겁니다. 그러면 저는 다시 저들과 경쟁해야 하죠. 어차피 경쟁하게 될 건데, 제 자신에게 동기부여를 할 겸 미리 경쟁해서 더 열심히 하고 싶은 겁니다."

쾌히 수긍할 수 없는 말이지만, 그렇다고 틀린 말도 아니다.

결국 피안대 헤르미온느는 홀로 빈 강의실에서 시험을 치게 된다. 이 일은 동급생에게도 좋지 못한 인상을 주었다. 특히 평소 피안대 헤르미온느에게 열등감을 가진 김소혜 학생은, 어차피 친구가 없는 헤르미온느의 귀에 들어갈 걱정이 없기에, 그녀가 학교 분위기를 흐린다고 뒤에서 맹비난한다. 알다시피 인권 동아리 소속인 김소혜 학생은 다수의 억압으로부터 소수를 보호하는 정치인이 되겠다고 말하고 다니는 학생이다.

물론 헤르미온느는 김소혜 학생의 뒷담화를 알고 있더라도 신경쓰지 않을 것 같다. 교수한테 저런 말을 할 정도면, 그따위 뒷담화에 흔들릴 멘탈이 아닌 것이다. 헤르미온느가 어떤 삶을 살았는지 궁금해지지만, 도저히 친해질 수 없는 여자

라서 가까이하지 않았다.

헤르미온느와 대화를 나누는 유일한 존재가 있긴 하다. 박지훈 학생이다. 그들은 연인관계도 아니지만 그렇다고 아주 친한 이성 친구도 아니다. 다만 시험과 관련된 일정이나 중요한 공지사항 등을 제대로 파악하지 못한 경우, 박지훈 학생과 서로 물어보는 사이일 뿐이다. 그런 사무적인 대화 말고는 본 적이 없는데, 그런 대화를 나눈다는 것 자체가 다른 로스쿨 학생들의 눈에는 신기해 보일 정도다. 그리고 이것도 로시오패스끼리는 통하는 게 있다는 뒷담화 거리가 된다.

여하튼 학력고사와 관련된 이 사건은 1년 후에 '헤르미온느 이야기 Ⅱ'에서 극적으로 이어지게 된다.

○

나는 다르다
_보이지 않는 늪

변호사시험은 1월에 치르게 되나, 결과는 4월 중순에 발표 난다. 두 기수 위 선배의 변호사시험 합격 발표가 있는 즈음이다. 여전히 피안대 로스쿨의 합격률은 하위권이다. 그때쯤에는 재학생들이 보는 학력고사 결과도 나온다. 학력고사 결과 나는 중하위권이었다. 피안대 로스쿨에서 중하위권은 변호사시험 불합격 예정자로 볼 수 있다. 3년의 과정 중 반밖에 지나지 않았지만 기분이 우울하다. 어릴 적 친구가 내게 이렇게 물었던 일이 생각난다. 눈을 감으면 뭐가 보이냐? 내가 어두워서 아무것도 보이지 않는다고 대답하자, 친구는 그게 네 미래라고 했던 농담이다. 그 농담이 진실이 된 것 같다. 앞이 막막해진다.

합격률 발표가 나면 교수들도 우울해진다. 피안대 총장이 교수들을 전부 불러모은다. 평소 수업만 끝나면 기차 타고 서울 가기 바빠서 소수라도 모이기 힘든 로스쿨 교수들도 이때는 다 모인다. 피안대 총장은 교수들에게 로스쿨 폐지로 길바닥에 나앉고 싶냐고 화를 내며, 계속되는 낮은 합격률에 대한 원인을 추궁한다. 늘 그랬듯이 교수들은 로스쿨에 대한 재정 지원의 부족, 지역 인재 학생*의 유입 등을 거론한다. 그러나 절대 자기 탓은 하지 않는다.

더 실망스러운 것은 이 같은 총장과 교수들의 간담회 내용을 포털사이트 뉴스를 통해 알게 된다는 사실이다. 나를 비롯해 학생들은 이미 교수들의 '학생 탓, 남 탓' 습성을 잘 알기 때문에 크게 실망하지는 않는다. 다만, 패자라면 패자답게 입을 닫고 있을 것이지, 무엇 때문에 '환골탈태' 운운하며 반성의 뜻을 인터넷 언론에 흘리는지 좀스럽게 느껴질 뿐이다. 정작 안타까운 것은 우리의 부모님이 그 기사를 보게 될 거라는 점이다. 자식을 위해 한 학기 천만 원이 넘는 돈을 내는데, 합격률이 낮은 이유가 지역 인재로 입학한 자기 자식 때문이라니 가슴에 대못이 박히는 느낌일 것이다.

---

* 지방할당제로 인해 의무적으로 해당 지방지역 대학 출신 학생을 일정 비율 뽑아야 한다.

총장한테 혼난 교수들은 학생들에게 수업시간에 화풀이를 시작한다.

"왜 이렇게 공부를 안 하나? 정신 좀 차려. 너희들은 선배들과 뭐 다를 것 같나? 하긴, 다르긴 하지. 너희들이 선배들보다 더 못하다는 게 말야. 제발 위기의식을 가지고 열심히 공부들 해라. 재수하면 상황이 더 안 좋아진다. 3년 안으로 끝내라."

"지금 자네들이 어떤 얼굴을 하고 있는지 아나? 모두들 자기는 다르다고 생각하는 얼굴이다. 다른 학생들은 수준이 그래서 하위권 피안대로스쿨에 온 거지만, 자기는 어쩌다 온 것뿐 변호사시험 같은 건 수월하게 합격할 거라는 표정이야. 하지만 착각들 말게. 교수 입장에서 보면, 자네들이 수업을 제대로 이해하고 있는지 다 들여다보여. 그리고 답안지를 보건대 자네들도 이번에 떨어진 선배들과 하등 다를 바 없는 수준이야."

교수의 이런 말은 언짢기도 하지만 위기의식을 느끼게 되는 것도 사실이다. 입학 초기 '우리는 하나다'라고 외치던 시절의 동질감이 이제는 거북하게 느껴진다. 나름 최선을 다했다고 생각했는데 나도 모르게 뒤처지고 있었다. 어디서부터 잘못된 걸까? 학생들 무리에서 모나지 않게 자기주장 없이 조용히 지냈고, 뒷담화 대상이 되지 않으려고 술 모임과 스모커 패밀리에도 항상 끼었는데, 뭐가 문제였을까.

수업이 끝난 후 밖으로 나간다. 스모커 패밀리들이 벤치에 앉아 담배를 피우며 서로를 다독여주는 모습이 보인다.

"야 괜찮아, 우리는 우리 계획대로 잘하고 있어."

"그래 맞아. 교수들 말은 틀렸어. 적어도 우리는 꼭 잘될 거야. 아직 준비가 안 된 거지, 나중에 기하급수적으로 성적이 올라갈 거야. 공부란 원래 그런 거야. 준비도 되기 전에 괜히 성가시게 시험을 보게 하니깐 오히려 공부 계획에 차질이 생기는 거잖아. 진짜 짜증난다."

"지금 성적이 좋은 학생들은 교수에게 잘 보이려는 단기적인 목표 때문에 공부하는 거야. 나무가 아니라 변호사시험이라는 큰 숲을 봐야 해."

스모커 패밀리 식구들은 서로서로 맞장구친다.

연이어 스모커 패밀리들은 교수에 대한 욕과 로스쿨 교육 시스템 문제에 대해 대화를 나누다가 급기야는 사회제도 문제로까지 화제가 상승한다. 시간이 흘러 저녁이 되자 오랜만에 식사 겸 회식을 하자면서 대학로 술집을 찾아본다.

스모커 패밀리 식구 중 하나가 나에게 회식에 같이 가자고 한다. 그 순간 머리를 한 대 맞은 듯한 두통이 몰려온다. 보이지 않던 피안대의 늪이 문득 보이기 시작한다.

그렇다. 그동안 나는 나도 모르게 보이지 않는 피안대의 늪에 빠져 있었던 것이다. 회식 참여를 거절한다. 나는 저녁밥을 혼자 먹으며 이 보이지 않는 늪에서 벗어나기 위해 어떻게 해야 할지 고민한다. 확실한 건 지금 여기서 변하지 않으면 끝장이라는 것이다. 이 시기에 이르면, 나뿐만 아니라 동기들이, 스모커 패밀리를 제외한 모든 학생들이 자신만큼은 이 늪에서 벗어나 변호사시험에 합격하겠다는 생각을 하게 된다.

로시오패스
_모범생

로시오패스라는 말을 들어본 적 있는가? 로스쿨과 소시오패스의 합성어다. 아마 로스쿨과 관련된 드라마가 나온다면 로시오패스가 문제적 인물로 등장할 것이다. 금수저 집안에서 태어나 성적을 위해 타인과의 소통보다 공부에 집중하는 이기적인 인물이거나 기울어진 가문을 일으켜 세우기 위해 경쟁에서 이기는 데에만 매몰되어 있는 인물일 것이다. 그리고 드라마는 이러한 인물이 이타적인 정상인이 되어가는 모습을 감동적으로 풀어낼 것이다.

나도 입학 초기에 선배들에게 로스쿨에는 로시오패스가 많으니 조심하라는 말을 들었다. 그런데 과연 그들은 변화가 필요한 문제적 인물일까?

포털사이트에서 소시오패스를 검색해보면 자신의 성공을 위해서는 수단과 방법을 가리지 않고, 이에 대해 전혀 '양심의 가책'을 느끼지 않는 사람으로 규정한다. 그리고 소시오패스의 특징을 다음과 같이 나열한다.

① 자신을 잘 위장하며 감정 조절이 뛰어나다.

② 겉으로는 매력적이고 사교적으로 보일 수 있다.

③ 인생을 이겨야 하는 게임이나 도박으로 여긴다.

④ 매우 계산적이다.

⑤ 쉽게 지루함을 느끼며, 자극 욕구가 강해서 새롭고 위험한 과제를 흥미로워한다.

⑥ 자신의 잘못이 발각되면 후회, 반성을 하거나 (예: '이번 잘못을 통해 많은 것을 배웠다' '다시는 이런 일을 하지 않겠다') 동정심에 호소하면서 자신의 순진함을 강조한다.

이러한 소시오패스의 성향이 변호사시험을 준비하는 수험생의 입장에서 문제가 되는 성격인지 검토해볼 필요가 있다.

우선 ①, ②의 특성과 관련, 사회생활은 앞서 언급한 대로 가면을 쓰고 살아야 하는 곳이다. 자기감정에 따라 표정 짓고 말로 표현하고 다닌다면 오히려 자신을 더 힘들게 하는 게 로스쿨이다. 사교적이고 싶지 않아도 사교적인 척이라도 해야 한다. 그게 학생들 간의 불필요한 감정 소모를 줄여 수험 생활에는 더 적합하다.

③, ④, ⑤와 관련, 변호사시험은 하이 리스크 하이 리턴 게임이다. 1억 원의 돈과 3년의 시간을 리스크로 하여 변호사 자격증이라는 리턴을 얻는 것이다. 이러한 게임에 도전할 수 있는 결단력, 게임에서 이기기 위한 계산적이고 치밀한 준비와 판단, 새로운 지식에 대한 두려움보다는 흥미를 가지고 접근하는 용기가 수험 생활에 더 필요한 특징이다.

마지막으로 ⑥과 관련, 반성하지 않으면? 독불장군처럼 잘못을 고지지 않으면? 처음부터 잘하는 사람은 없다. 시험은 알지 못하고 틀린 것을 알아가고 교정하는 과정이다.

이렇게 구구절절 소시오패스, 아니 로시오패스의 특징을 나열한 이유는 로스쿨에서 로시오패스는 변화의 대상이 아니며, 로시오패스만큼 로스쿨에 적합한 인재는 없다는 걸 말해 주고 싶어서다. 로시오패스는 로스쿨에서는 모범생이다.

나를 포함해 대부분의 학생은 입학 초기에는 로시오패스를 비난한다. 그러나 시간이 지남에 따라 스스로가 로시오패스가 되어간다, 아니, 되고 싶어 한다. 어쩌면 남들보다 먼저 로시오패스가 되는 것이 시험 '패스'의 지름길이다. 물론 누가 부정적 의미가 담긴 로시오패스가 되고 싶겠는가. 하지만 남들보다 조금 나은 직업을 얻기 위해서는 남들과 많이 다른 삶을 살아야 하기에 되기 싫지만 로시오패스가 되는 것이다.

선배 기수 중에 주위 학생들과 소통하지 않고 말을 걸면 거부하며 선제적 거리두기를 하는 이상한 학생이 있었다. 선배들은 그 학생을 로패(로시오패스의 줄임말)라고 불렀다. 후배인 우리 동기들이 인사를 해도 받아주지 않았다. 교내 시험의 일정 조정 때도 조금이라도 자기에게 불리하면 변경을 허락해주지 않는 깐깐함도 지녔다. 다수가 수강하는 강의에서 강의실이 꽉 차 별수 없이 다른 학생이 옆자리에 앉을 때도 자기 자리를 비켜 칠판이 잘 보이지 않는 뒷좌석에 앉는다. 선배들이 뒷담화하는 게 들리는데도 크게 신경쓰지 않는다. 평소에 그가 말하는 것도 보기 드물었다. 교수들과도 필요 이상 말을 섞지 않았다. 마치 감정이 없는 것 같았다. 물론 교수들은 우수한 성적의 로패를 좋아했다. 교수들은 로패에게 졸업 후 독일에 갔다 올 생각이 없는지 묻곤 했다.

나는 그 선배가 실제 어떤 성격인지 잘 모른다. 결국 그 선배는 비밀의 숲 같은 로스쿨 생활을 지나 검사가 되었다. 그리고 로패라고 조롱하던 선배들은 시험에 떨어져 우리와 같이 다시 시험을 준비하고 있다.

○

2학년 여름방학 |
_굿피플은 없다

로스쿨 졸업을 위해서는 필수적으로 약 40시간의 실무수습을 거쳐야 한다. 2주* 동안 법조계의 다양한 영역을 맛만이라도 보라는 것이 재학 중 실무수습 제도의 취지다. 실무수습은 서울 상위권 로스쿨과 지방 로스쿨의 방향성이 갈린다.

서울 상위권 로스쿨의 경우 대형 로펌의 실무수습 지원 경쟁이 치열하다. 고작 2주간의 실무수습인데도 자기소개서, 나이, 학벌, 자격증 등등을 통해 합격자를 선정한다. 대형 로펌의 실무수습 과정에서 좋은 평가를 받으면 대형 로펌의 취업에 유리해지기에, 2주간의 실습 과정도 수면시간을 줄일 정

---

* 대부분의 실무수습은 2주 과정이다.

도로 치열하다. 대형 로펌의 실무수습 경험은 후에 취업 시장에서도 도움이 되는 훌륭한 스펙이다. 반면, 지방대 로스쿨의 경우 대형 로펌의 실무수습에 합격할 확률이 낮을 뿐만 아니라, 실무수습을 하더라도 대형 로펌 취업이 원천적으로 불가능하기에 지원 자체도 하지 않는다. 가능성이 있다면 그건 부모님이 남다른 존재일 경우에 한한다.

2학년 여름방학에 열리는 실무수습 과정 중 법원 실무수습은 체계적으로 잘 계획되어 있으며, 학벌에 상관없이 지역별로 지원자를 배분하므로 학생들이 많이 지원하는 실무수습 과정이다.

2학년 1학기가 끝날 때까지 검찰의 꿈을 버리지 않은 학생들은 검찰 실무수습을 지원한다. 이는 2학년 2학기가 끝난 후 열리는 검찰 심화 실무수습과 달리 검사 임용과는 직접적으로 관련이 없는 견학 형식의 실무수습이다.

경찰 실무수습도 인기가 많다. 대부분의 실무수습 과정이 2주 과정인 데 반해, 경찰 실무수습은 본인이 원하면 최소 필요 실무수습 기간인 1주간만 할 수 있으며, 숙식을 제공하기 때문이다. 이 외에도 법률구조공단, 기타 중소형 로펌, 공공기관 등도 있다. 공부 집중을 위해 1주간의 실무수습만 하는 경찰 실무수습에 지원이 많아지고 있다는 것은 그만큼 변호사시험이 어려워지고 있다는 것의 반증이다. 말하자면 변호사시험 때문에 실무수습 제도의 취지가 몰각되고 있는 것이다.

사실 실무수습 기관 입장에서도 꺼려지는 것이 재학생들의 실무수습이다. 그나마 실무와 가까운 영역인 기록형 공부도 하지 않은 재학생들에게 무엇을 맡기겠는가. 미리 녹화된 관련 인터넷 강의를 틀어주거나, 가만히 앉아 방청을 시키거나 하여 시간 때우기 식으로 보내는 기관도 많다.

예전에 TV프로그램에서 로스쿨 학생의 인턴 생활기를 예능으로 제작하여 방영한 적이 있다. 여타 회사원들의 인턴 생활이 그러하듯 많은 공감을 샀다. 나와 또래의 학생들도 있어 부럽기도 했다. 예능은 현직 변호사의 세밀한 관심 하에 학생들이 성장하는 모습을 감동적으로 잘 보여줬다. 하지만 다들 알다시피 굿피플 같은 건 기대하지 않는 게 좋다. 현실에서는 2주간만 있을, 기본 실력도 없고 변호사 합격도 하지 않은 재학생을 신경써줄 여력이 없다.

나는 집이 서울이라 서울에 있는 선배 변호사 사무실에서 실무수습을 일주일간만 받게 되었다. 일주일 동안 한 일은 딱히 없다. 선배 변호사는 변호사시험이 많이 힘들어졌는지 묻고는, 옛날 생각이 난다며 빈방에서 공부나 하라고 한다.

선배가 나를 호출하는 경우는 주로 밥을 먹자는 거였다.

어느 날 저녁에는 술을 사면서 옛날이야기를 풀어놓는다. 선배가 풀어놓는 이야기는 초능력만 없었지 히어로물 영화를 빼닮은 무용담 일색이다. 속으로는 선배 기수면 31개인데… 라고 말하고 싶지만, 이만한 배려도 감사하기에 꾹 담아둔다. 그리고 지금 학교 상황은 어떤지, 교수들은 여전한지 물어 온다. 나는 솔직하게 답한다.

이러한 날이 5일 동안 반복되었다. 그나마 다행인 점은 업무시간에 실제 상담 요령과 변호사 업무가 어떻게 이루어지는지 살펴볼 수 있었다는 점이다. 나는 어깨너머로 법률상담이 이루어지는 과정을 볼 수 있었다.

졸업 요건으로서 실무수습제도에 대해 어떻게 생각하느냐고 누군가 묻는다면, 나는 굳이 할 필요가 없다고 대답할 것이다. 물론 해도 나쁠 건 없다는 말을 덧붙이기는 하겠지만.

실무수습 기간은 SNS에 법복을 입은 모습이나 해당 기관 현판 옆에 선 모습을 사진으로 찍어 올리는 허세의 시간이기도 하다. 특히 이 시기에는 전국 모든 지역의 검찰 현판이 SNS에 소개될 정도로 검뽕(?)이 수면 위로 드러나는 순간이다. 중증 검뽕 중독자인 정기훈 학생의 카카오톡 프로필 사진은 실무수습 이후 졸업 때까지 검찰 현판 옆에서 여러 각도로 찍은 사진들이 걸려 있게 된다.

2학년 여름방학 II
_학원 강사들의 삶

이쯤에서 학원 강사들의 삶을 이야기할 필요가 있겠다.

학원 강사가 교수와 다른 점은 무엇보다 그들이 혹독한 겨울에 대한 보상으로 주어지는 '철밥통'을 가지고 있지 않다는 것이다. 학원 강사들은 무한 경쟁 시대에 살고 있다. 시장의 논리가 당연히 학원가에 적용되는 만큼 학원강사들은 치열하게 살 수밖에 없다.

매해 수십 명의 강사가 쏟아져 나온다. 변호사시험 합격 출신인 변호사도 학원가에 뛰어들면서, 기존의 사법시험 시절부터 유명했던 강사도 안심할 수 없다. 평일 낮에는 목이 쉴 정도로 강의를 하고, 저녁 늦게까지 개인적으로 고용한 조교와 함께 학생들의 질의응답과 교재 연구를 위해 노력한다. 오랫동안 강의를 해온 강사도 예외가 없다. 강의가 조금이라도 늦거나 부실하면 예민한 학생들의 질타를 받는다. 주말에도 강의 준비나 특강을 해야 하기에 몸이 남아나지 않는다.

로스쿨 학생의 삶은 교수들이 아닌 학원 강사의 삶과 닮아 있다. 그래서인지 이심전심이라는 말도 있듯 학생들은 교수보다 학원 강사를 신뢰하게 된다. 공부의 커리큘럼을 학교가 아닌 학원 강사의 커리큘럼에 맞추게 되고, 개중에는 맹신적인 태도로 학원 강사의 강의를 듣는 학생도 생긴다.

나는 매 방학마다 본가인 서울에 올라가 현장 강의를 들은 건 아니지만, 민법의 경우는 사법시험 시절부터 유명했던 일타강사 정동환 강사의 현장 강의를 입학 전부터 지금까지 꼭 들어왔다.

신림동 고시촌에서 10년 넘게 지낸, 신림동 고시촌을 자신의 고향으로 여기는 사시 아재 중필이 형님은 고시계의 역사를 다 꿰뚫고 있기에 그에게 정동환 강사의 과거에 대해 물은 적이 있다. 정동환 강사는 사법시험 시절 때부터 뛰어난 강의력과 인성으로, 시험이 얼마 남지 않아 예민해질 대로 예민해져 있는 사시 2차 수험생들에게도 많은 인기가 있었다고 한다.

일타는 괜히 일타가 아니다. 그의 강의는 매번 성실했다. 무리한 강의 진행으로 목 수술을 했는데도 강의를 계속했으며, 밤늦게까지 학생들의 질문을 받아주었다. 그는 듣던 대로 인성도 훌륭한 분이다. 민법의 일부인 가족법 강의를 하면서 정동환 강사는 이런 말을 한 적이 있다.

"가족법 강의 시간을 빌려 여러분께 수험 외적으로 하고 싶은 말이 있습니다.

여러분은 수험생으로서 시험 합격을 위해 최선의 노력을 해야 하고, 또 하고 있다는 걸 너무나 잘 알고 있습니다. 그리고 저도 과거 10년이 넘게 사법시험을 공부했기에 여러분의 인생에서 합격이 얼마나 중요한지를 마음 깊이 이해합니다.

하지만 시험 합격보다 더 중요한 것이 있습니다. 그건 평생의 반려자를 잘 만나는 일입니다.

초기 강사 시절에 돈을 벌어다 주지 못해 아내가 가정을 돌보며, 부업까지 하면서 돈을 벌었습니다. 덕분에 저는 강의 준비에만 집중할 수 있었고 지금은 민법 과목 중 가장 많은 수강생을 보유한 강사로 성장할 수 있었습니다.

단언컨대 여러분들은 합격을 한 뒤 좋은 일도 많겠지만 힘든 일도 겪을 겁니다. 좋을 때는 분명 주위에 많은 사람들이 붙어 있을 겁니다. 하지만 힘든 시기에 부닥쳤을 때 누가 남아 있을까요? 부모와 아내뿐일 겁니다. 부모는 선택할 수 없지만 아내는 선택할 수 있습니다. 평생의 반려자인 아내를 잘 만나십시오. 저는 비록 시험 불합격자라는 타이틀을 평생 가지고 살 테지만, 곁에 아내가 있고 앞으로도 있을 것이기에, 지금도 그리고 앞으로도 행복할 것 같습니다."

얼마나 많은 합격자를 만들어내느냐가 학원계에서 살아남는 유일한 수단임에도, 합격보다 학생의 미래 행복을 말해 준 점에서 나는 깊은 감명을 받았다. 물론 합격률 하위권인 피안대 로스쿨에도 변호사보다 사람이 먼저 되어야 한다는, 인성을 중요히 여기는 교수들이 존재한다.

최근에 이르러 변호사시험 합격 후 학원 강의시장에 뛰어드는 변호사들이 많아졌다. 그들은 변호사 업무를 하면서 학원 강의도 병행한다. 물론 잘하는 강사도 존재하지만, 대부분은 변호사 업무에 찌든 채로 피곤한 기색이 역력한 상태에서 힘겹게 강의를 한다. 당연히 강의 준비도 잘 되어 있지 않고, 강의 질도 좋지 않다.

그럼에도 불구하고 이런 변호사들도 대형학원의 광고 마케팅 덕에 초기에는 수강생들이 꽤 많이 붙는다. 학원 포스터에는 학원 강사가 고개를 20도 각도로 살짝 든 채 "따라올 테면 따라오라."는 자신감 넘치는 태도로 정면을 응시하는 사진이 걸려 있다. 그리고 '최상위 성적 메이커', '흔들리지 않는 실력을 위한 필수강의', '킹의 귀환', '헌법의 마지막 황제', '합격을 위해서 들어야 할 단 하나의 강의가 있다면 바로 이 강의입니다' 등등 손발이 오글거리는 수식어가 달려 있다. 마치 강의만 들으면 저절로 합격할 것 같은 기분이 든다.

그러나 공부는 학원 강사가 아닌 스스로가 하는 것이다. 학원 강사가 아닌 자신을 믿어야 한다. 정신 차릴 필요가 있다. 사실 나도 지금 이 글을 쓰면서 저런 식으로 홍보해볼까 생각한 적이 있다.

"로스쿨을 알기 위해 단 하나만 봐야 한다면 바로 이 책입니다."

…그만하겠다.

2학년
2학기

○

커리큘럼
_실무강의, 선택과목

2학년 2학기는 대부분의 7법 진도가 완성되는 시기이자 실무강의인 형사재판 실무강의와 검찰 실무(기본)강의가 열리는 시즌이다. 이 강의들은 시험 방법으로 기록형이 나오기에 본격적으로 기록형을 준비하는 시기가 된다.

기록형 시험은 다른 직렬 시험에서는 볼 수 없는 특이한 시험 유형이다. 복잡한 사건과 관련된 40~50쪽에 달하는 서면을 읽은 뒤 사실관계를 정리하고, 변호사의 입장에서 의뢰인을 위해 소장과 같은 법문서를 작성하는 시험이다. 물론 실제로 있었던 사실을 문제로 구성하나, 문제의 변별력을 위해서 여러 사건들을 합치고 뒤섞어 출제한다. 그 때문에 문제를 풀다 보면 왜 이렇게 한 사람이 범죄를 많이 저지르는지, 왜 이렇게 한 사람이 돈을 여러 명에게 여러 방법으로 빌리고 떼먹는지, 자신도 빚쟁이면서 호기롭게 잘 알지도 못하는 지인에게 보증은 왜 그렇게 쉽게 서주는지, 왜 이렇게 가족들 간에 불화가 많은지 궁금해지기도 한다.

형사재판 실무와 검찰 실무는 각각 현직 판사와 검사가 로스쿨에서 직접 수업을 진행한다. 뛰어난 법학 실력이 뛰어난 강의 실력을 보장하지는 않는다. 그들은 전문 강사가 아닌 만큼 더욱 그럴 수 있다. 하지만 뛰어난 법학 실력이 어디 갈까. 아주 훌륭하지는 않아도 중간은 간다.

검클에 관심이 없던 내가 형사재판 실무를 들은 이유는, 믿을지 모르겠지만, 태어나서 현직 판사를 본 적이 없기 때문이다. 검찰 실무를 듣지 않은 나는 이 글을 쓰는 지금까지도 현직 검사를 본 적이 없다. 로스쿨이라고 해서 현직 법조인들을 자주 보게 되는 건 아니다. 로스쿨생은 그저 책상에 앉아 아침부터 밤늦게까지 공부만 하는 학생일 뿐이다.

판사라는 직업은 비단 로스쿨생들 뿐만 아니라 다른 일반인들도 부러워하는 직업이다. 실제로 직업만족도 1위라는 설문 결과도 있는, 공부로 성공할 수 있는 최고의 직업 중 하나이기도 하다.

피안대 로스쿨에 출강한, 난생처음 보는 판사의 첫인상은 역시 예상에 어긋나지 않았다. 지극히 모범적인 외모(?)에 안경을 쓴, 성품이 인자해 보이는 인상이다. 튼튼해 보이진 않지만 약간 마른 몸에 체형이 똑바른 중년의 남자였다. 목소리와 말투도 격식이 있었으며, 옷차림도 평범하고 깔끔했다. 학부모들이 원하는 자기 자녀의 훗날 성장 모델은 바로 저런 모습이 아닐까 싶었다. 부모의 속을 썩인 나와는 너무나도 다른 사람이라는 느낌의 첫인상이었다.

그런데 계속 지켜보다 보니 그도 우리와 닮은 점이 있다는 사실을 알게 되었다. 그 역시 우리와 마찬가지로 스마트폰 중독자였던 것이다. 수업에 들어오기 위해 엘리베이터에 탈 때도, 쉬는 시간에도 항상 스마트폰을 쓰고 있다. 공부하다가 부모님한테 걸리면 등짝 스매싱을 맞을 수도 있는 스마트폰 게임을 오토(자동전투 시스템)로 돌리고 있는 장면도 우연히 보게되었다. 수업 중에는 오토로 돌려놓았다가 쉬는 시간에 게임 케릭터가 성장한 것을 보고 흐뭇해하는 판사님을 봤을 땐 오히려 공감이 가고 신뢰가 갔다.

사실 실무강의가 여타 강의와 다른 특별한 내용을 가르치는 것은 아니다. 단지 그동안 배웠던 이론들이 실무에서 어떻게 쓰이는지 재판의 과정 순에 따라 가르쳐주기 때문에 의미가 있다. 또한 이론과 실무의 괴리를 자신의 경험과 엮어 설명해주는 점이 유익하다. 다만 아직까지는 시험에 나오는 이론 공부만으로도 머리에 쥐가 날 것 같아서, 판사님의 경험은 그 시간만의 고민거리로 생각한 뒤 바로 잊어버린다.

이번 학기는 변호사시험에 출제되는 선택과목(전문화 교육과 구별된다.)을 수강해야 하는 시기이기도 하다. 선택과목이 변호사시험 출제 과목이 된 이유는 '전문적 역량 강화'를 위해서다. 그러나 사법시험 때와 다를 바 없이 합격에 유리한 과목으로 쏠림 현상이 일어나고 있다.

국제거래법이라는 과목은 응시인원이 40%를 차지한다. 3%인 지식재산권법과 대조적이다. 국제거래법 선택자가 많은 이유는 시험이 쉽다는 점에 근거한다. 물론 지식재산권법이나 조세법, 노동법 등은 관련 전문자격증을 가진 학생들이 치기에, 그 분야를 전공하지 않은 학생들이 이를 기피하게 하는 데 한몫한다.

피안대 로스쿨에는 변리사 출신의 이준민 학생이 있었다. 그는 지식재산권법(이하'지재법') 수업 때마다 변리사 시험 과목인 지재법과의 난이도를 비교하면서, 변호사시험의 지재법 수준이 너무 떨어진다고 했다. 그리고 이런 수준으로 변호사 실무에서 무슨 일을 할 수 있겠냐며, 변호사의 지재법 전문성을 무시하는 발언을 하곤 했다. 이렇게 잘난 척하는 모습이 보기 싫어 지재법을 수강하지 않는 학생들도 있었다. 그러다가 얼마 안가 그의 콧대가 꺾이는 사건이 벌어지게 된다.

피안대 학생들도 대부분 국제거래법을 선택하는데, 나는 국제법을 선택했다. 뭔가 있어 보이지 않은가. 그리고 혹시 아는가, 훗날 내가 국제적인 인재가 되어 있을지. 또한 국제법 담당 교수의 호객행위도 한몫했다.

국제법 담당 교수는 우리에게 개강 당시 이런 말을 했다.

"여러분 지금 국제법을 선택과목으로 응시하는 인원이 전체의 5%도 되지 않습니다. 국제법의 위기입니다. 물론 국제법의 위기가 아닌 적이 있었을까 싶지만 지금 국제법 학회는 초상집입니다. 꼰대질을 하려면 후배가 있어야… 아, 아니고 후배들을 양성하기 위해서 '지금은' 부담을 주지 않으려고 학회에서도 시험을 최대한 쉽게 출제하려 노력합니다. 그러니 국제법은 시간 투자를 많이 하지 않더라도 고득점할 수 있습니다.

여러분 나를 믿고 국제법을 선택하세요."

변호사시험이 다가옴에 따라, 국내적 인재도 못되는 내가 무슨 국제적 인재 따위를 꿈꿨을까 후회하곤 한다.

○

교수, 그들이 살아가는 세상
_불한당: 땀을 흘리지 않는 무리

교수 사회가 다른 조직과 구별되는 특성이 있다고 하지만, 로스쿨 교수는 특히 다르다. 치열한 로스쿨 입시 과정 중 하나인 면접에서 조금이라도 교수에게 잘 보이기 위해 노력했던 내 자신이 부끄러워질 정도로 실망스러운 경우를 재학 중 많이 보게 된다.

이번 학기에 만난 이광수 교수는 많은 생각이 들게 하는 교수였다. 그는 앞서 언급한 2080 중 80의 대표자라고 할 수 있다. 이광수 교수는 50분의 수업시간 중 실제 수업은 10분도 채 하지 않는다. 40분은 수직적인 관계를 전제로 한 학생들과의 대화와 정치 이야기로 채운다.

'폴리페서'라는 말은 한 번쯤 들어보았을 것이다. 현실 정치에 적극적으로 참여하는 교수를 일컫는 조어다. 폴리페서는 정치, 사회 계열 학과에 많은데, 로스쿨 내에서도 폴리페서들이 자주 출몰한다. 특히 폴리페서들은 SNS를 즐겨 이용한다. 평소 수업을 그렇게 열심히 했다면 피안대가 명문대가 됐을 거라는 생각이 들 정도로, SNS에 장문의 글을 열심히 게시한다. 이광수 교수도 폴리페서의 전형을 보여준다. 페이스북에 주구장창 정치적 이슈에 대한 글들은 올리는데, 글의 분량만 봐도 참으로 우국충정의 마음이 느껴진다. 차라리 교수직을 그만두고 정치를 했으면 교수와 학생 모두가 행복해지지 않을까 하는 생각마저 든다.

그리고 한자의 중요성을 강조한다. 요사이 법학 서적에서는 한자를 배제하는 추세인데도 그는 유독 한자를 강조한다. 변호사시험에서 사용하는 법전도 전부 한글로 바뀌어가건만, 그는 이런 정책을 비판하면서 한자를 모르는 놈들은 변호사가 될 자격이 없다고 말한다. 학생들이 칠판에 적힌 한자를 잘못 알아보면 교수는 흥분하면서 이런 말을 한다.

"한자를 모르면 법학을 할 자격도 없어! 너희들, 이제 내가 쓰는 한자 뜻을 모르면 다 F야. 이거 전공필수인 거 나도 알아! 졸업? 꿈도 꾸지 마! 기본도 안 된 놈들이 무슨 변호사를 하겠다고."

이광수 교수는 정치 이야기할 때 항상 *끄*집어내는 대목이 있다. 젊은 시절 민주화 운동을 위해 투신했던 민주투사였다는 것이다. 나는 믿지 않았다. 하지만 얼마 후 TV에서 방영된 민주화 운동에 관한 다큐멘터리에서 점잖은 모습을 한 채 나긋한 목소리로 그때를 회상하는 교수의 인터뷰를 보았다.

목숨을 바쳐 자유를 쟁취하고자 했던 자가 이제는 왜 학생들에게 억압의 태도를 취하는지 실망감은 이루 말할 수 없다. 그래도 다행인 점은 이광수 교수가 민주화 운동의 보상으로 교수직을 얻은 것이 아니라 제 실력으로 교수가 되었다는 것이다. 지금 와 생각하면, 그 실력이 무엇이었는지 궁금하기도 하다.

정치 이야기를 좋아하는 교수들은 그 외에도 많다. 실제로 정치판에 뛰어들어 한자리 해보려고 노력'했던' 교수, 노력'하고 있는' 교수도 있다.

노력했던 교수는 시장 선거에 나섰다가, 교수로 재직하며 번 돈을 올인했지만 결국 낙선했다. 그는 강의 중 이따금 그 일을 상기하며, 다시는 정치판에 발을 들이지 않을 거라고, 남은여생을 조용히 보낼 거라고 말하곤 한다.

노력하고 있는 교수는 TV 뉴스나 예능에 자주 얼굴을 비춰 인지도를 올리고, 그걸 이용하여 최근 국회의원 선거에서 당선 가능성이 있는 비례대표 번호를 받는 데 성공한다. 하지만 선거 결과 바로 앞 번호까지만 당선되어 더욱 쓰라린 맛을 보게 되었다. 평소에 그는 학생들의 변호사시험 합격 여부에 대해 남의 일처럼 무관심한 교수였는데, 낙선 때 인터넷 기사에 나온 사진을 보면 그의 얼굴은 낙방한 학생의 표정과 똑 닮아 있었다.

참고로, 학생들이 교수의 선거 출마 사실을 알게 되는 것은 개학 이후 인터넷 뉴스기사를 통해서다. 국회의원에 당선되면 겸직금지의무*에 따라 교수의 직무를 하지 못하게 된다. 진행 중인 수업 기간은 임기 시작일과 겹친다. 즉, 수업이 도중에 폐강되는 것이다. 그러면 학생들은?

이 외에도, 여전히 법대 시절을 그리워하는 교수도 있다. 지도 학생들과의 술자리에서, 법학이라는 학문은 로스쿨 때문에 죽었다고, 그러니 너희들은 살인자나 같다며 분노한다. 얌전히 공부하고 있는 학생들을 살인범으로 만드는 로스쿨 제도가 너무 싫다는 그는 사실 로스쿨 설립 이후에 임용된(?) 형법 전공의 교수다.

수준 낮은 강의를 하면서도, 바로 그런 이유 때문에 학생

---

* 국회의원 직무에 집중하도록 하고, 지위를 이용한 이익 취득 행위를 방지하기 위해 법으로 규정된 의무.

들이 뒷자리에서 강사 책에 시선을 두고 수업을 경청하지 않으면, 버럭 화를 내는 교수도 있다. 그러고는 뜬금없이 자신의 아들, 딸, 며느리가 모두 법조계에 있다는 이야기를 덧붙인다. 또한 수업 내용에 관한 질문을 자신에 대한 도전으로 받아들이는 교수도 있다.

이러한 교수들만 보면 로스쿨 교수가 불한당 같은 느낌이 들기는 한다. 하지만 2080의 20에 속하는, 정말 훌륭한 교수들도 많다.

『삼국지』의 제갈량은 다들 아실 것이다. 나의 경우, 나이가 들어 다시 본 제갈량은 다르게 다가왔다. 어릴 적에는 신출귀몰한 병법을 구사하는 모습이 멋졌지만, 지금은 다 망해가는 촉나라를 지키고자 몸과 마음을 바쳐 분투하는 충신의 모습이 그야말로 멋있게 느껴졌다. 새로 원장 직을 맡은 이중원 교수는 그런 제갈량의 모습과 겹친다. 강력한 위나라 같은 서울 대형 로스쿨에 비해 턱없이 부족한 여건이지만 이를 극복하기 위해 그 누구보다 노력한다. 고시 합격 경험이 있는 실무가 출신답게 뛰어난 강의력을 보여주며, 학생들의 요청에 귀기울여 학원 강사와 최근 변호사시험을 출제한 교수들의 특강을 방학 때마다 열어주었다. 하루도 바람 잘 날 없는 피안대 로스쿨의 안정을 위해 매일 원장실은 불이 켜져 있다.

학문적인 업적을 달성하기 위해 연중 360일을 연구실에서 보내는 교수도 있다. 비록 강의력은 부족해도 학생들의 요청에 따라 학생들이 원하는 학원 강사 교재로 강의를 하는 등 성의를 보이는 교수도 있다.

나는 결과가 좋지 않더라도 노력하는 자를 비난해서는 안 된다고 생각한다. 하지만 불한당 무리들은 자신들의 철밥통에 이상이 없는 한 굳이 땀을 흘리려 하지 않는다. 이 문제는 어느 로스쿨에서나 대동소이하게 안고 있다. 이중원 원장은 이 문제를 잘 알고 있기에, 불한당 무리가 하나둘씩 정년을 마치고 퇴임하면 유능하고 젊고 열정 있는 교수를 신규 임용하고 있다.

'줄탁동시'라는 사자성어가 있다.

병아리가 알에서 나오기 위해서는 새끼와 어미 닭이 안팎에서 서로 쪼아야 한다는 뜻으로, 가장 이상적인 사제지간을 비유하거나, 서로 합심하여 일이 잘 이루어지는 것을 비유하는 말이다

로스쿨 간 합격률이 공개된 후 학생들의 노력을 촉발하고자 진급시험을 도입한 상황에서 교수들도 스스로 자신의 철밥통을 깨려는 노력을 해야 한다. 이는 피안대 로스쿨 내부의 변화를 위해서뿐만 아니라, 로스쿨 제도 자체의 변화를 위해서

도 그렇다.

"새는 알을 깨고 나온다.

알은 곧 세계다.

태어나려고 하는 자는 하나의 세계를 파괴해야만 한다."

_헤르만 헤세의 『데미안』 중에서

판·검사 임용
_고이 접어 나빌 버린 우리들의 꿈

앞서 로스쿨 입학 때는 판·검사의 법복을 입은 모습을 상상하며, 판·검사를 꿈꾸게 된다고 했다. 하지만 자신이 놓인 현실은 시궁창이다. 그래도 실낱같은 희망을 가지고 2학년 2학기 개학 때까지만 해도 학생들은 임용을 위한 필수 과목인 형사재판 실무수업과, 검찰 실무수업을 듣는다. 하지만 갈수록 어려운 과제와 다른 과목들을 공부해야 하는 빠듯함으로 인해 수강 포기를 하는 학생들이 속출한다. 수강을 포기하지 않았던 학생도 시간이 지나면 후회하기 시작한다.

그렇다. 어려운 과제와 역경을 극복하는 자만이 임용될 수 있는 자리가 판·검사인 것이다. 피안대의 경우 매년 검클 임용이 되는 사람이 한 명씩은 나온다. 검클 임용은 대학의 자랑이자 경쟁력을 보여줄 수 있는 지표이기도 하다. 그렇기에 한 명이라도 검클이 되면 건물 앞에 플랜카드를 펼쳐놓는다.

실제로 판·검사가 얼마나 되기 어려운지 알려면 우선 그 임용 과정을 짚어볼 필요가 있다. 엄밀히 말하자면 로스쿨 졸업 후 판사로 임용되는 과정은 없다. 로스쿨 도입과 동시에, 법원에서 판사를 도와 사건의 심리 및 재판에 관한 조사, 연구 등의 업무를 하는 재판연구원 제도가 생겼는데, 로스쿨 졸업 후 판사가 아닌 재판연구원(이하 '로클럭') 임용 과정이 있을 뿐이다. 법조일원화 제도의 시행으로 변호사 또는 검사로서 일정 기간(최대 10년) 동안 경력을 쌓고 나야 판사 임용의 자격이 주어진다. 법원 밖 법조계에서 경험을 쌓고 오라는 취지다.

즉, 그 일정 기간 동안 커리어를 잘 쌓으면 판사 임용 평가 시 우위를 점하게 되는데, 그 커리어란 바로 재판연구원으로 2년 동안 경력을 쌓는 것이다. 따라서 판사를 꿈꾸는 재학생들은 로클럭을 준비한다.

로클럭은 100명 내외(2020년 기준)가 임용된다. 임용 평가 항목은 서류 전형으로 ①교내 성적, ②형사재판 실무 기말고사 전국 등수, ③민사재판 실무 기말고사 전국 등수, ④필기시험이 있으며, 그 후 ⑤인성검사, ⑥면접이 있다.

내신 성적은 실질적으로 큰 변별력을 가지지 않는다. 즉,

크게 중요하지 않다. 전국에서 공통된 문제로 동시 시행되는 민·형사재판 실무 기말고사 전국 등수가 중요하며, 최상위권에 대해서는 필기시험이 면제된다. 필기시험도 큰 변별력을 가지며, 이후 인성검사와 면접에서 문제가 될 수 있는 지원자를 걸러낸다.

나는 입학 당시부터 검사에 대한 환상이 없었기에 검사 임용은 생각이 없었고, 로클럭은 지원하고 싶은 마음은 있었으나, 지금껏 이 글을 읽은 독자가 알 수 있듯이 어차피 인성검사에서 걸러질 예정이기에 아예 지원하지 않았다. 정말이다.

검사는 매년 70~80명 정도 임용이 된다. 판사 임용과 달리 로스쿨 졸업과 동시에 변호사시험만 합격한다면 임용이 되기에 검사를 희망하는 학생들이 많다. 검사 임용 과정은 ①교내 성적, ②검찰심화 실무수습(2학년 겨울방학 동안 3주간에 걸쳐 시행) ③여러 실무 관련 지필 평가 ④인성, 면접으로 이루어지며, 이 과정을 순서대로 통과하고 나야 임용이 된다.

검클 임용의 장점은 무엇보다 학벌을 보지 않는다는 점에 있다. 대형 로펌 입사와 달리 학벌에 따른 원천적 진입 장벽은 없다.

검사를 준비하는 학생들에게는 특유의 검뽕이 있다. 즉, 그들은 검사의 멋에 취해 다른 법조인의 길을 생각하지 않는다. 그래서 일부 학생들은 실무 관련 평가에서 중도 탈락하면, 변호사시험 합격 실력이 되는데도 변호사시험을 치르기 위한 요건인 졸업을 하지 않고 다시 검사 임용 재시를 준비한다. 이 점에 대해서는 일단 이해가 간다. 범죄자들을 기소하여 처벌케 하는 정의로운 검사의 모습이 좋아 오랫동안 공부하여 로스쿨까지 왔는데, 검사가 되지 못해 범죄자들 편을 들어줘야 하는 변호사로 살아야 한다면 자괴감이 들 것 같기도 하다.

아마 로스쿨 드라마가 나오면 남자 주인공도 검사를 지망할 것이다. 그리고 검사를 지망하는 이유를 정의를 위해서라고 떠벌릴 것이다. 검사가 된 후에는 범법의 현장에서 악당을 징벌하는 역할로 그려질 것이다. 그러나 현실은 전혀 그렇지 않다. 검사는 현장직보다는 사무직에 가깝다.

마지막으로, 로스쿨을 준비하는 학생에게 진지하게 조언하고 싶은 게 있다. 절대 검뽕에 취한 학생에게 검찰을 조금이라도 비난하는 말을 해서는 안 된다. 그들은 부모 욕은 이해해도 검사 욕하는 건 용납하지 않는다. 그들의 영혼은 이미 검사 동일체 원칙*에 들어가 있다.

예전에 어떤 학생이 검뽕 중증인 정기훈 학생에게 검경수

---

* 검사는 검찰총장을 정점으로 한 전국적으로 통일된 조직체의 일원으로서 상명하복의 관계에서 직무를 수행한다는 원칙.

사권 조정으로 검사가 경찰보다 힘이 없어진 것 같다고 말한 적이 있다. 정기훈 학생은 벌게진 얼굴로 숨도 쉬지 않고 열변을 토해내며, 검경 수사권의 문제점을 지적했다. 덕분에 옆에서 그들의 대화를 듣던 나는 평소에 관심이 없던 검경수사권 조정에 대해 꽤 많은 것을 알게 되었다.

검뽕에 취한 학생들과 얘기를 나누어보면, 그들 역시 현실 속 검사가 드라마에 나오는 드라마틱한 자리가 아니라는 사실을 잘 알고 있다. 대다수의 검사는 생계형 검사로서 매일 자신의 허리까지 차오르는 서류 더미를 밤늦게까지 처리하며, 집에 있는 배우자보다 사무실 안에 준비된 라꾸라꾸 침대와 함께 밤을 보내는 날이 많다는 걸 말이다. 하지만 일반 대중들이 드라마 속 근사한 검사의 모습을 선망하기에, 그런 타인의 시선에 빠져 검뽕에 취해 있는 것이다.

자신은 미디어에 속지 않지만, 미디어에 속은 대중들의 시선이 좋은 것이다.

○

로스쿨 직원
_노총각 조교의 순애보

로스쿨의 구성원 중 학생도 아니며, 교수도 아닌 존재들이 있다. 바로 제3지대, 로스쿨에서 근무하는 직원이다. 직원들은 청소부, 조교, 교학과 직원, 도서관 직원, 상담실장이 있다.

청소부 아주머니들은 로스쿨에서 가장 성실하신 분들이다. 항상 그 누구보다 먼저 새벽에 출근하여 정해진 루틴으로 로스쿨 교내 전체를 청소해주신다. 다른 이가 감시하는 것도 아닌데 자율적으로 매일 담당구역을 구석구석 열심히 청소하신다. 교수들은 수업 중에 다른 대학에 비해 피안대의 교수 처우가 좋지 못하다며 불만을 표출하곤 하는데, 마음 같아선 교수의 월급을 깎아 그 돈으로 청소부 아주머니의 처우를 개선하는 데 썼으면 싶다. 학생들이 청소부 아주머니들만큼만 성실히 공부한다면 변호사시험은 필합일 것 같다.

동기 학생들 중에 할머니 재학생이 있다. 사법시험을 30년 넘게 준비하신 50세가 넘는 학생이다. 이 할머니와 청소부 아주머니가 같이 있는 모습을 보았을 때는 뭐라 형용할 수 없는 묘한 기분이 들었다.

조교는 본교 학부 졸업생들 중에서 채용한다. 일부 로스쿨은 로스쿨 학생을 조교로 채용하여 장학금을 지원하는 경우도 있는데, 변호사시험 합격이 어려워지자 공부에 집중할 수 있도록 하기 위해 대부분의 로스쿨은 별도로 조교를 채용한다. 조교의 주업무는 수업 보조다. 교수들의 수업을 위한 프린트물 인쇄, 마이크, PPT 세팅, 수험감독 등의 업무를 한다. 이들은 개인 시간이 많은 만큼 대부분 조교 업무를 하면서 취업 준비를 한다.

학생들은 학생과 교수에 대해 관심이 있지, 조교에 대해서는 관심을 가지지 않는다. 조교도 재학생들에게 관심을 두지 않는다. 그러나 예외는 있다. 2학년이 되던 시기에 새로 채용된 노총각 조교가 그렇다. 그는 지방 출신으로 구수한 사투리를 쓰는데, 로스쿨 학생에 대한 관심이 많았다. 이유는? 그렇다. 그는 로스쿨에 재학 중인 로녀에게 사랑에 빠진 것이다.

노총각 조교는 중등 임용시험을 오랫동안 준비하다 왔기에 사시 아재들과 통하는 게 있었다. 그는 사시 아재들로부터 그녀에 대한 정보를 얻었다. 다행히도 아직 그녀에게 남자 친구가 없다는 사실을 알게 된다. 사시 아재들은 도전하는 자가 아름답다며 데이트하기 좋은 빵집(?)도 가르쳐준다. 그 후로 순박한 시골 총각의 순애보는 시작된다. 그는 없는 신앙심까지 만들어내어 그녀가 가입한 교내 기독교 동아리에 가입, 그녀와 친분을 쌓는다.

　　퇴근 시간 이후에도 밤늦게까지 기다리다 그녀가 열람실을 나와 집으로 가는 순간 사시 아재의 호출이라는 우연을 가장해 그녀를 바래다준다. 다음 날 그는 사시 아재들에게 그녀가 자신을 보고 웃었다며 고지가 눈앞이라고 말한다. 연애 경험이 없기는 마찬가지인 사시 아재들은 자신들만의 상상의 나래를 펴며 열심히 피드백을 한다. 잘되면 한턱 거하게 쏘라며 성공 백퍼센트라는 고백의 비법까지 전수해준다. 그가 결혼할 때쯤이면 자신들은 변호사가 되어 있을 테니 축의금도 두둑이 내겠다며 김칫국부터 마신다. 아예 한 걸음 더 나아가 아이들 이름까지 지어준다. 로엘, 로희, 로준…. 로스쿨과 연관된 이름들이다.

　　이런 이야기의 결론은 대충 짐작할 터이다. 실상 그녀는 노총각 조교에게 새 발의 피만큼도 관심이 없다. 물론 그녀 또한 서른이 넘었으니 어린 나이라고는 할 수 없다. 하지만 그녀의 열람실 책상 위에 놓인 노트북 사이즈의 유명 아이돌 사진 액자를 본다면 이야기는 끝난 것이다. 그녀가 변호사가 되려는 이유 중에는 키 크고 잘생긴 연하남과 사귀고 싶은 욕망도 포함되어 있다.

노총각 조교는 사시 아재의 조언에 따라 기독교 동아리 시간이 끝난 후 그녀를 남겨놓고 고백하기로 계획한다. 하지만 이를 미리 알아차린 그녀는 조교를 따로 불러 자신은 아직 누군가를 받아들일 준비가 안 되어 있다며 거절한다.

조교는 세상을 다 잃은 듯 풀이 죽은 채 벤치에 앉아 있다. 상황을 파악한 사시 아재들이 달려와 각자의 연륜에서 나온 이런저런 조언들을 해준다. 매우 고전적인, 그러니까 아주 올드한 멘트들이다.

"열 번 찍어 안 넘어가는 나무 없다. 자존심상 한 번은 튕겨보는 것이니 제대로 다시 고백해봐라."

사시 아재들의 수장 격인 중필이 형님은 마치 연애에 통달한 사람처럼 말을 한다.

"조교가 여자의 마음을 몰라서 그래. 강한 부정의 진의는 강한 긍정이야. 정장 차림으로 장미 꽃 100송이를 준비하고 밤에 그녀 집 앞에 가서 다시 고백해봐."

이 정도면 자칫 일이 무섭게 커질지도 모른다. 다행히 학생회장이 이 사실을 알고 조교를 잘 타일러 더 큰 소동은 일어나지 않고 끝났다. 그와 사재 아재들의 위로 술자리가 있었음은 물론이다. 술잔을 기울이며 서로가 서로를 위로한다.

"세상에 널린 게 여자 아닌가. 우리 서로 중등 임용과 변호사시험에 합격해 더 좋은 여자를 만나자."

교수의 수업 업무를 보조하는 조교와 구별되는 교학과 직원이 있다. 교학과 직원은 입학, 학사운영, 시설 정비 등 행정업무를 담당한다. 2년 계약직 직원도 있지만 엄격한 채용 절차를 거친 정규직 직원도 있다. 교학과 사무실에서는 재학생의 컴플레인을 처리하느라 스트레스를 받기도 하지만, 더 큰 스트레스는 입시생들의 문의 전화에 기인하는 것으로 보인다. 특히 서류 심사, 면접 등 입학 관련 업무가 집중되는 10월, 11월은 매일 야근을 해야 할 정도로 바쁘다.

로스쿨 건물 내에는 법학전문도서관이 있다. 도서관에는 근로장학생들이 아르바이트를 하는 경우가 많다. 법학 도서를 빌릴 일이 거의 없는 학부생들은 물론, 자서를 구비하고 있는 로스쿨 학생들도 자주 오지 않기에 이곳의 일은 근로장학생들에게는 꿀 잡(job)에 해당한다. 가끔 도서관을 찾아가면 이들은 대부분 컴퓨터 앞에 앉아 졸고 있으며, 특히 겨울에는 히터의 온기 속에서 겨울잠과 같은 숙면을 취하고 있어 깨우기가 미안해질 정도다.

상담실장은 학생들의 학업에 대한 스트레스를 경감시켜주기 위해 전문적인 상담을 하는 역할이다. 들리는 소리에 따르면, 학생들의 주된 상담 내용은 학업 자체보다는 인간관계에서 비롯된 것이 많다고 한다. 일부 타 대학 로스쿨에서는 요사이 상담실장과 같은 인력을 채용하지 않는다고 하는데, 나는 학생의 입장에서는 필요하다고 생각한다. 학생들 간에 이러한 스트레스를 표출하면 들어주는 학생도 지치게 마련이고, 비밀일 것 같은 대화가 외부로 퍼져 스트레스가 가중될 수도 있다. 자주 스트레스를 표출하고 다니는 학생들을 '징징이'라고 지칭하는 것도 스트레스를 들어주는 일이 여간 고역이 아니기 때문이다.

○
진급시험
_그땐 미처 몰랐지

앞에서 1학년 때 합격률 발표 결과를 본 뒤 학교 당국에서는 학생들의 가시적인 성취도를 높이고자 진급시험제도를 도입하게 되었다고 말했다. 진급시험은 여름방학에 기본 3법을, 겨울방학에 후사법을 평가하게 된다. 평균 40% 이상의 득점을 하면 통과된다. 어렵지 않다. 그러나 떨어지면 수치심은 차치하고 1년을 더 공부해야 하니 부담이 된다.

진급시험 도입 과정에서 벌어진 흥미로운 일들을 보자. 1년 전 진급시험 도입 당시 학생회장 김민현 선배(탄핵 당하기 전)를 필두로 한 학생회는 진급시험 도입을 막아야 한다며 학생들의 시위를 기획했다. 김민현 선배는 학생들을 대강의실에 모아놓고, 진급시험에 불합격하면 1년 2000만원의 등록금을 더 내고 수업을 들어야 한다며, 학생들의 시위 참여를 독려했다. 학생들은 시위 참여 의사를 밝히면서 부원장과의 대화가 선행될 필요가 있다고 건의했다.

그다음 날 학생들은 다시 모였고 부원장과의 대화가 있게 된다. 부원장은 진급시험 도입에 완강한 입장이었다. 부원장은 말한다.

"학생들, 영화 〈명량〉 봤나? 이순신 장군은 탈영한 병사의 목을 베며 '두려움을 용기로 바꾼다면 전쟁에서 이길 수 있다.'고 했다지. 학생들도 우리가 지금 비상상황인 점 모두 인지하고 있잖나. 부담스럽고 두려워하는 건 이해하지만 이 두려움을 용기로 바꿔보도록 하자."

학생들의 반응은 시큰둥했다. 어느 학생이 부원장에게 질문한다.

"부원장님의 말씀 잘 들었습니다. 하지만 저를 포함해 모든 학생들이 진급시험에 통과할 수 있다는 확신이 없는 마당에, 진급시험에 통과하지 못하는 학생이 생기면 어떻게 합니까? 그 학생이 1년을 더 다닐 재정적 여유가 없다면요?

한 학기에 천만 원, 1년이면 2천만 원을 더 내면서, 게다가 학교 근처에 자취를 하면서 공부할 여력이 안 되는 학생들도 있습니다. 물론 공부를 못해 성적이 나오지 않는 것은 학생 잘못이지만, 2천만 원을 또다시 내라는 것은 너무 잔인한 처사 아닌가요?"

부원장의 얼굴이 황당한 표정으로 바뀌었다. 그는 말한다.

"등록금은 당연히 더 내지 않아. 1년간 학교 수업을 듣든 안 듣든 그건 학생의 자유야. 자네들이 뭔가 잘못 알고 있군."

학생들은 어리벙벙해진다. 그리고 수군거리기 시작한다.

그렇다. 학생회가 학생들을 동참시킬 요량으로 진급시험의 과정 내용을 자기 입맛에 맞게 해석해 선동한 것이다. 당황한 학생들은 더 이상 말을 이어가지 못한다. 오히려 학생회를 문책하고 싶어 하는 눈치가 역력하다. 부원장이 그 말을 끝으로 나가자, 진급시험 폐지의 동력은 완전히 상실되어버렸다. 그 후 학생들은 학생회에 책임을 물었고 결국 김민현 회장은 책임을 지는 의미에서 사퇴했다.

진급시험 도입 논란이 벌어질 당시에는 자신은 합격에 문제없다는 생각으로 찬성하는 학생들도 많았다. 그러나 2학년 말이 되어 진급시험이 눈앞에 닥쳐오자 그들도 큰 부담을 갖기 시작했다. 그리고 진급시험을 치르는 기간 동안 학생의 교수에 대한 불만은 극에 달했다. 합격률이 하위권인 이유는 학생은 물론 교수에게도 있는데, 교수는 변하지 않고 왜 학생에게만 이런 부담을 준단 말인가. 철밥통을 없앨 순 없더라도 적어도 철밥통 안의 밥 양을 줄임으로써 위기의식을 느끼게 해 줘야 하지 않는가.

진급시험 결과 실제로 떨어지는 학생들이 생겨났다. 그들에게 미안한 말이지만, 떨어지는 학생들에게는 다 그럴 만한 이유가 있다. 입학 전부터 처자식이 있어 일과 공부를 병행해야 했던 학생, 입학 후 시작한 연애로 공부에 집중하지 못한 학생, 부모가 병원장이거나 기업 사장이라서 공부의 동기부여가 부족했던 학생, 인간관계에서 오는 스트레스에 짓눌려 학업에 집중하지 못한 학생….

진급시험 결과가 발표되자 로스쿨 내 분위기는 침울해졌다. 이럴 때 불합격자가 누구인지 알았더라도 위로는 절대 금물이다. 조용히, 가만히 있어야 한다. 그런데 꼭 눈치 없는 사람이 있다. 헌법상 권리인 알 권리를 충족시키겠다는 양 물어보고 다니는 학생이다. 이유는 다르지만, 동기이자 당시 학생회장이었던 박정수 학생은 진급시험의 부당함을 알릴 요량으로 학교 집행부에 비밀을 전제로 불합격자 정보를 요청했다. 하지만 그는 그렇게 수집한 정보를 우연히 스모커 패밀리에 유출하여 결국 모두가 알게 되었다.

결과 발표와 동시에 불합격자들은 학교를 떠나게 된다. 나는 그들과 친하지 않아서 그들의 속마음은 정확하게 알지 못한다. 다만 확실한 것은 그들 대부분이 결과에 승복하지 못했다는 것이다. 당연히 그들은 제도의 부당함을 탓할 것이다.

나는 로스쿨을 떠난 그 학생들이 1년의 시간을 되돌아가는 것만큼, 우리가 보지 못했던 걸 볼 수 있는 기회가 되길 바랄 뿐이다.

○

2학년 겨울방학 ㅣ
_국민팔이 시위

2학년 겨울방학이 시작됐다는 건 변호사시험이 1년 남았다는 걸 의미한다. 이제는 새로운 진도를 나아가기보다는 복습에 중점을 두어야 한다. 밑 빠진 독에 물 붓는 것일지언정 공부한 내용을 반복해야 한다.

공부만 해도 부족한 시간에 이제 막 변호사시험을 친 선배들이 접근한다. 변호사시험 합격률을 올리기 위한 시위에 참석해달라는 것이다.

이러한 시위는 이제 전국 로스쿨이 함께하는 매년의 정기 행사처럼 되었다. 그런데 우스운 점은, 예전에 "합격자 수가 적은 것과 상관없이 나는 어차피 합격할 테니 시위에 참여할 이유가 없다."고 말하던 선배가 자신의 합격 여부가 당면의 문제가 되자 이제는 시위에 참여해달라고 촉구한다는 것이다.

매년의 행사처럼 열리는 이 시위는 법조계에 이미 발을 '담근' 구세력과, 발을 '담그려는' 신세력들 간의 밥그릇 싸움이다. 구세력은 가급적 변호사 숫자를 줄여 자신의 몸값을 올리려 금년 합격자 수 1,000명을 주장하고, 신세력은 고액을 내고 힘들게 공부했으니 합격 변호사 수가 2,000명은 돼야 한다고 주장한다.

시위는 꼭 대의명분을 위한 것일 필요는 없으며, 밥그릇을 지키기 위한 것도 정당화될 수 있다. 하지만 밥그릇을 위한 시위에 국민의 이름을 들먹이는 건 역겹다. 변협과 같은 구세력은 개나 소나 변호사가 되면 '국민'들을 위한 법률서비스 질이 낮아질 것이라고 말한다. 반면, 신세력은 변호사 수가 많아지면 법률서비스 접근이 용이해질 것이고 이는 '국민'에게 이익이 될 것이라고 주장한다.

하지만 매년 변호사를 조금 더 뽑든, 더 적게 뽑든 국민들의 삶은 크게 달라지지 않는다. 그것은 다만 자신들의 이익을 위한 것일 뿐이라는 것을 깬 시민들은 알 것이다.

시위를 준비하는 일은 학생회의 업무이기 때문에 학생회장에게 부담이 아닐 수 없다. 학생회장은 시위대 구성, 피켓 제작, 식사, 버스 대절, 회의 등 갖은 준비를 해야 한다. 나와 친했던 박정수 학생은 이런 고민을 토로해 왔다.

"성용아, 나 임기도 한 달 전에 끝났는데, 이제 변호사시험에 집중하고 싶은데, 왜 이걸 해야 하는지 모르겠다. 난 피안대 학생회장 징크스는 내가 깰 수 있을 것 같았는데 너도 알다시피 성적이 좋지 않아 불안하다. 스트레스가 계속 쌓인다."

그렇다. 학생회장은 2학년이 맡게 되니 지금은 후배가 학생회장이다. 하지만 정기 행사인 변호사시험 합격률 시위의 경우, 그 중요성(?) 및 한 기수 위 선배와의 관계를 고려해 미숙한 신임 학생회장보다는 전 학생회장이 하는 것이 관례였다.

그러나 박정수 학생은 하고 싶어 하지 않았다. 학생회장이었을 때도 학교가 싫어 수업이 없으면 학교에 오지 않았는데 또 이러한 업무를 해야 하니, 역대 학생회장의 불합격 징크스가 자신에게도 해당될 것 같은 위기감이 몰려온 것이다.

박정수 학생은 단체 온라인 게시판에 글을 올린다. 변호사시험의 어려움을 고려해, 아직은 시간적 여유가 있는 신임 학생회장이 이 업무를 담당하기로 하자는 것이다. 우리 기수는 선배들의 시위 동참 요구에 대해 속 감정을 삭인 데 반해, 후배들은 대놓고 불만을 표출한다. 한 기수 차이지만 격세지감(?) 같은 게 느껴졌다. 다행히도 동기인 부학생회장과 후배인 신임 학생회장이 같은 호랑이 동문회 소속이었기에, 부학생회장의 설득에 결국 신임 학생회장이 시위 업무를 담당하게 된다.

　박정수 학생은 당일 시위에도 참여하지 않았다. 학교에서도 보기 힘들어졌다. 과거 학생회장 출마 당시, "우리는 하나다"를 강조하며 단 한 사람의 불이익이라도 좌시하지 않겠다고 했던 정수 학생이었는데….

2학년 겨울방학 II
_ 외부의 적들

로스쿨이 도입된 지 10년이 다 되어가는데도 여전히 로스쿨을 흔들려는 외부의 적들이 있다.

대표적인 적은 로스쿨 폐지를 주장하는 사법시험 존치론자들이다. 그들은 중필이 형님처럼 사법시험 폐지가 다가오자 사법시험에서 로스쿨 입학으로 전환한 사시 아재가 아니라, 처음부터 로스쿨 제도를 비판하며 사법시험 존치를 주장하는 자들이다.

그들은 인터넷 커뮤니티 사이트를 통해 사법시험 존치 모임을 결성하기도 한다. 사법시험 존치 모임은 한때 과격한 시위로 악명이 높았다. 양화대교에 올라가 단식 투쟁을 벌이는 바람에 대선후보가 찾아가기도 했다. 이 장면은 로스쿨 교수에겐 그들의 철밥통을 위협하는 위험천만한 일이었을 것이다. 그들의 저항에 법무부가 4년 유예 발표를 할 당시에는 전국 로스쿨생 자퇴 시위를 이끌어내기도 했다.

중필이 형님은 마지막 사법시험을 끝낸 후, 자신의 청춘을 바친 시험이 없어진다는 두려움에 사법시험 존치를 위한 모임에 가입했었다고 말해준 적이 있다. 그러나 시대의 흐름에 순응하는 게 낫다고 판단해 곧 탈퇴하고 로스쿨에 들어왔던 것이다. 당연히 사법시험 존치 모임에서는 중필이 형님을 변절자라고 비난했지만, 그는 뒷바라지하는 가족을 위해서라도 현실적으로 잘 판단한 것이라고 했다.

중필이 형님에 따르면, 사법시험의 유예기간이 끝나고 폐지가 확정됨에 따라 존치 운동이 동력을 잃은 상황에서, 사법시험 존치론자들은 로스쿨 관련 기사가 올라오면 로스쿨을 헐뜯고 비난하는 댓글을 올리는 등으로 저항을 하고 있다고 한다.

또 다른 외부의 적 중 하나는 방통대 로스쿨 도입론자들이다. 방통대 로스쿨은 법학 과목 35학점을 이수한 경우 입학할 수 있게 하여 졸업 시 변호사시험 응시 자격을 주는 제도다. 방통대 로스쿨은 로스쿨 입학 요건인 대학교 졸업을 하지 않고서도 변호사가 될 수 있는 만큼, 기존 로스쿨 제도의 문제점 중 하나로 지적되었던 고졸 출신 변호사의 원천적 배제를 타파할 수 있는 측면에서 '언뜻' 계층이동의 사다리 역할을 하는 것 같아 보인다.

이 점에서 표를 의식하는 일부 정치가들은 방통대 로스쿨 도입을 주장한다. 그러나 방통대 로스쿨이 도입되면 변호사시험의 경쟁이 더욱 치열해질 뿐 아니라 합격자 수도 증가할 것이기에, 변협과 법전협은 한목소리로 반대한다. 밥그릇 사수를 위해 어제의 적이 오늘의 동지가 된 것이다.

그 외에도 법 관련 유사 직역인 세무사, 행정사, 변리사 단체들과의 갈등도 존재한다. 변호사 수가 증가하면 그만큼 법률 시장의 파이가 커져야 하는데, 오히려 유사 직역에게 밀리는 꼴이 되었다. 변호사가 되더라도 세무사 자격은 취득할 수 없으며, 변리사 자격을 취득하기 위해서는 별도의 실무수습을 거쳐야 하는 것으로 법이 개정된 것이다. 이처럼 파이가 줄어들고 있는 상황에서, 노년의 변협회장이 국회 앞에서 삭발식을 거행하는 퍼포먼스도 벌어졌다. 누구보다 준법정신을 가져야 할 변호사들도 밥그릇 앞에서는 떼법이 필요하다는 걸 몸소 보여주는 사건들이다.

로스쿨 재학생들 중에는 타 직역 자격증이 있음에도 변호사 자격을 취득하기 위해 입학한 학생이 몇몇 있다. 앞서 언급한 이준민 학생도 그 중 하나였다. 그는 변리사 출신이라는 프라이드가 엄청 강했다. 법학 시험이 어렵다고 누군가 말하면 변리사는 소수 인원을 뽑기에 변호사시험보다 난이도가 높으며, 변리사 자격만 있으면 웬만한 변호사보다 돈을 더 잘 번다고 으스댔다.

이런 웃지 못할 일도 있다.

변리사와의 직역 갈등이 한창일 때였다. 변호사 출신의 성질 깐깐한 김지웅 교수가 변리사의 직역 침범에 대해 어떻게 생각하는지 이준민 학생에게 물었다. 이준민 학생은 학점과 프라이드 사이에서 갈등하다가, 이내 생각을 정리한 뒤 대답한다.

"변리사도 민사소송법 시험을 치르는 만큼 특허소송대리권을 가질 수 있다고 생각하지만…"

순간 교수의 눈빛에서 분노를 느낀 이준민 학생은 급히 말을 바꾼다.

"그래도 공익의 대변자이며 소송의 전문가인 변호사만이 소송대리권을 가지는 게 타당하다고 생각합니다."

이준민 학생의 답변에 흡족한 듯, 김지웅 교수는 변리사 직역이 왜 소송대리권을 가지면 안 되는지 열변을 토한다.

수업이 끝난 뒤, 학생들은 변리사 프라이드가 강한 분이 학점을 잘 받기 위해 교수에게 아부를 떨었다며 조롱했다. 그러자 이준민 학생은 단지 수업 분위기를 위해 참은 거라며, 웃는 얼굴에 침을 뱉을 수야 없지 않느냐고 둘러댔다.

마지막으로 소개할 로스쿨의 적은 엄밀히 말해 외부의 적은 아니다. 그리고 보이지 않는 적이라 찾기도 힘들다. 다름 아닌 로스쿨 학생들이다. 그들은 중간·기말고사 시험기간 때만 되면 과중한 시험 부담 때문에 일시적으로 로스쿨 폐지론자가 된다.

또한 거금의 등록금을 내고도 부실한 교내 강의로 인해 학원 강의에 의존하는 형국이니, 3년간 납부한 5천만 원의 등록금은 마치 변호사시험 응시료 같아 불만이 목에까지 차오른다. 게다가 로스쿨 내의 인간관계는 서로가 서로를 상처 주는 무간지옥이므로 차라리 로스쿨 수업을 오프라인이 아닌 온라인으로 대체하길 바란다. 그러다가 졸업한 뒤 변호사가 되면 이번에는 밥그릇 수호를 위해 하위 로스쿨을 폐지하자고 주장한다. 실로 보이지 않는 만큼 무시무시한 적들이다.

3학년
1학기

○

커리큘럼
_내 안의 두려움, 모의재판, 프로페서 네버다이

3학년 대상 수업은 사례 연구, 기록 연습 등 시험 및 평가의 방식으로 진행되는 과목들이 많아진다. 즉 이제는 실전이다. 하지만 학생들에게 실전은 두렵다. 자기만의 그럴듯한 계획을 세우고 3학년까지 왔지만 생각했던 것과 다르게 뒤처지고 있음을 느껴 두려운 것이다.

2년간의 공부를 평가받은 결과 저조한 성적이 나오면 남은 기간 공부해도 성적이 향상될 것 같지 않은 초조감, 결과에 대한 동기생과 교수들의 부정적인 시선 때문에 주눅들 것 같은 마음에 시험-평가를 기피하고 싶어 한다. 그래서 1학기에는 자신만의 스케줄을 짜 연습을 쌓은 후 2학기 때부터 시험-평가 수업을 수강하기로 계획을 세운다. 그러나 2학기에도 그들은 수강신청을 하지 않는다. 이제 변호사시험이 4개월도 남지 않은 상황에서, 자기 실력의 밑바닥이 드러나는 게 두려운 것이다.

학생들은 자신이 완벽히 준비된 상태에서 평가받고 싶어한다. 하지만 과연 완벽한 준비라는 게 존재하긴 하는 걸까? 배움에는 끝이 없다는 말도 있지 않은가. '완벽한 준비'라는 추상적인 말은 두려움을 감추기 위한 위장막일 뿐이다.

3학년 1학기에는 모의재판 수업도 열린다. 모의재판은 재판 연극과 같은 것인데, 대본을 암기할 여건이 안 되는 3학년 수험생의 입장에서는 대본을 손에 쥐고 읽는 것에 지나지 않는다. 신입생 때는 모의재판 수업에서 멋있는 법복을 입고 화려한 변론으로 주변의 시선을 사로잡는 장면을 상상하지만, 3학년이 되면 변호사시험에 도움이 되지 않는 모의재판은 골칫거리일 뿐이다.

모의재판 수업의 효용성은 아마도 자신이 평생 입지 못할 법복 차림의 사진을 SNS에 올리는 데 있을 것이다. 물론 처음이자 마지막이 될 법복 사진을 찍더라도, 고이 접어 나빌 버린 꿈이 다시금 생각나 슬퍼할 겨를은 없다. 판사 검사와 같은 부담이 큰 역할을 맡지 않고 그저 방청자 역할로 청중석에 앉아

은밀히 6월에 치를 모의시험 공부를 하는 게 이득이다.

　드라마나 영화에서는 모의재판만큼 극적인 모습을 보여줄 장면이 없을 것이기에, 아마도 모의재판이 자주 등장할 것이다. 법복 차림의 근사한 외모의 주인공이 화려한 언변술을 보여줄 것이고, 극 중 인물의 천재성을 보여주기 위해 판례번호까지 줄줄 외는 장면도 나올 것이다. 참고로, 로스쿨에서 판례번호까지 외우는 학생이 있다면 그 학생은 천재가 아니라 바보다. 그 학생은 변호사시험 불합격 급행열차 우등석을 입학할 때부터 미리 예약한 사람이다. 어쨌든 허구의 모의재판에 홀려 현실의 모의재판을 판단하지 말길 바란다. 현실의 모의재판은 슬리퍼에 반바지 차림이 아니면 다행이고, 그나마 머리라도 감고 온 사람은 나름 성의를 보여준 사람으로 쳐줄 것이다.

　어음수표법 수업도 열린다. 어음수표법은 계륵과 같은 것이다. 취하자니 이익은 없고 버리자니 아까운 그런 법인 것이다. 어음수표법은 수험적으로도 난해하고 복잡하다. 게다가 전자화된 현대사회에서 어음수표는 잘 쓰이지 않는다. 시험 출제는 객관식 두 문제가 고작이지만 두 문제를 다 맞히기는 어렵고, 맞히기 위해서는 많은 시간을 투자해야 한다. 이제 어음수표법은 단지 시험을 위해서만 존재하는 과목이 되었다.

이러한 어음수표법에 대해 오랫동안 상법을 전공해온 노교수도 죽은 학문인 점은 인정한다.

이 수업에 대해, 시간 효율을 중시하는 임경진 학생은 중간고사 때까지만 어음수표법 진도를 나간 뒤 시험에 자주 출제되는 회사법 복습으로 돌아가는 게 어떤지 물어본다. 타 로스쿨에서도 중간고사 때까지만 어음수표법을 하고 진도를 바꾸는 경우가 많다는 것이다.

하지만 어음수표법을 가르치는 노교수는 이렇게 답한다.

"학생, 어음수표법의 법리는 법학의 핵심 본질을 깨닫게 해준다네. 현재는 잘 쓰이지 않지만, 과거부터 내려온 어음수표법이 어떤 법리를 만들어냈는지 충분히 알 필요가 있네."

변호사시험에 더 효용적인 수업 전략을 원하는 임경진 학생은 다시 반박한다.

"지금은 한 발 더 나아가 가상화폐가 논의되는 시대입니다. 그리고 저는 어음수표를 태어나서 한 번도 사용해본 적이 없습니다. 어차피 죽은 법이잖습니까."

교수도 자신이 일평생 바쳐온 어음수표법이 이제는 형식상으로만 존재한다는 사실을 알지만, 그렇다고 쉽게 수긍할 수도 없다. 그래서 거의 절규에 가까운 소리로 소리친다.

"법은 죽어도 교수는 살아 있다, 이놈들아!!"

○

합격자 '성명' 발표
_통계의 장난

내가 3학년이 된 올해도 늘 그렇듯 4월 말이면 바로 위 기수 선배들의 변호사시험 합격자 발표가 나온다. 그들의 합격자 수는 다음 해 우리 기수의 합격자 수를 가늠할 수 있는 잣대가 된다. 다행히도 여전히 하위권이긴 하지만 미약하게나마 합격자 수가 늘었다.

이번 합격자 발표는 작년과 다른 점이 있다. 합격자의 '성명'이 발표되는 것이다. 사법시험 시절에는 성명이 발표되어왔으나, 변호사시험 때부터 성명이 발표되지 않았다. 헌법재판소는 변호사시험 합격자 성명 발표를 합헌으로 해석했다. 그 근거로 든 것은 사법시험의 성명 발표다. 하지만 사법시험은 떨어져도 이해가 되는 시험이지만, 응시자 절반 이상이 합격하는 변호사시험에서 불합격자는 문제가 있는 사람 취급을 받는다. 헌법재판소는 이런 점을 간과했다. 합격자에게는 주변 지인들의 축하가 이어지겠지만, 불합격자에게는 자신의 불합격을 세상에 널리 알리는 격이다. 무엇보다도 가장 잔인한 경우는 동명이인이 존재하는 경우다.

그리고 그런 일이 실제로 발생했다. 동문회가 없던 나에게 먼저 다가와 친절하게 공부법과 족보 등 많은 도움을 준 선배가 있다. 그 선배의 이름이 명단에 있었던 것이다. 흔한 이름이 아니었기에 당연히 다른 사람이 아닌 줄 알았다.

축하 전화를 하기 위해 번호를 눌렀지만 전화기가 꺼져 있다. 그래서 장문의 수고했다는 글과 이모티콘을 담은 문자를 그리고 커피 상품권을 보냈다. 하지만 다음 날 불합격 소식을 알게 되었다. 나 한 명이면 괜찮을 텐데, 주변 사람 수십 명이 나와 같은 행동을 했다면, 당사자는 기분이 어떨까…. 정말 쥐구멍에라도 숨고 싶었을 것이다.

합격자 성명이 발표되면 동문 선배의 공부법을 따라 열심히 공부했는데 정작 동문 선배가 불합격하여 당황하는 경우도 있고, 평소 원수지간이던 선후배 간에는 그 선배의 불합격을 축하(?)하는 기념 회식도 벌어진다. 그리고 앞서 말한, 탄핵당한 김민현 선배는 결국 징크스를 깨지 못했다.

전국 대부분의 로스쿨 교수들은 변호사시험 합격자 발표에 PTSD(외상 후 스트레스 장애)를 겪는다고 한다. 특히 하위권 학교들에서는 더 심하다. 언론에 비판 기사가 쏟아질 것이고, 대로한 총장은 교수들에게 으르렁댈 것이기 때문이다. 그걸 잘 아는 교수들은 선제적 조치를 취한다. 임의로 통계 기준을 제시하여 합격률이 높은 것처럼 포장하는 것이다. 각 학교는 당해 응시자 대비, 입학생 대비 합격률을 발표하거나, 전체 합격자 수 또는 지방거점 (국립)대학 중에서 1등이라는 등 자신들에게 가장 유리한 기준을 들이밀며 홍보한다.

　실제로 어느 학교는 소수 정원의 로스쿨이지만 재시생들이 많아 응시자가 130명, 그중 합격자가 50명이었는데, 합격률을 홍보할 때 입학정원 60명 대비 합격자 수 50명으로 83% 합격률(이렇게 하면 100%가 넘는 로스쿨도 생긴다.)과 역대 최대 합격자 수를 배출해냈다고 홍보한다. 눈 가리고 아웅 하는 통계의 사기다. 분자가 분모의 모집단에 근거하지 않는다.

　법조계에서는 종종 일어나는 일이 있다. 변호사가 돈을 벌기 위해 무리하게 사건을 수임한 뒤 의뢰인의 주장이 억지라는 것을 알면서도 재판에서 의뢰인을 위해 뭔가 하는 척이라도 보이기 위해 변론을 한다.

　판사는 그 변호사의 마음은 이해하지만 하도 답답해서

변호사에게 말한다.

"이게 말이 됩니까?"

변호사도 자신의 변론이 억지라는 걸 알기에 그저 고개를 떨굴 뿐이다.

마찬가지다. 로스쿨 교수들도 통계가 엉터리라는 걸 안다. 하지만 자신의 철밥통만은 하늘이 무너져도 지켜야 하기에 이런 짓을 하는 것이다. 3학년이 된 우리 동기들은 이제 교수에 대한 기대는 포기한 지 오래다.

○

무간지옥[無間地獄]
_인간 군상

5월이 되어 날이 더워지면 지치기 시작한다. 변호사시험은 200일 정도 남았다. 지금까지의 성적으로는 변호사시험 합격이 불투명하다. 1학년 시절에 가졌던 "피안대는 피안대고 나는 나야. 나는 합격할 거야."라는 자신감은 온데간데없고, 불합격의 두려움에 수면 유도제 없이는 잠을 자기 힘들어진다.

나뿐 아니라 많은 학생들이 그렇다. 3학년 스모커 패밀리도 이제는 서로 붙어 있지 않고 남들이 보지 않는 구석에서 조용히 담배만 피고 들어간다. 물론 1, 2학년 스모커 패밀리들은 아직은 여전하다.

교내에 구성된 스터디 모임들은 해체되기 시작한다. 구성원들 간에 실력 차이가 드러나고, 수준에 따라 스터디 방향성이 달라지기 때문이다. 합격이 예정되었다고 볼 수 있는 높은 성적의 스터디원도 낮은 성적의 스터디원을 배려해줄 심적 여유는 이제 없다.

뒷담화로 인한 스트레스도 늘어난다. 이런 뒷담화를 알지 못하면 소외되는 것 같고, 그 대상이 될까 봐 불안해진다. 뒷담화로 생긴 스트레스를 뒷담화로 풀기도 한다. 뒷담화에는 남녀노소가 따로 없다. 그러나 이런 면에서도 샤대 학부 출신은 다른 것 같다. 그들은 공부든 뭐든 다 잘하고, 뒷담화 기술 또한 가히 예술이다. 정보 획득, 전파, 교란, 이간질, 그 사이에서 치고 빠지기 등등 그들의 실력은 순수 노력으로만 달성할 수 있는 영역이 아니다. 샤대 패밀리의 대표자격인 류향 학생과 아주 친한데, 한번은 그에게 물어본 적이 있다.

"형님, 저희가 이렇게 뒤에서 남 얘기를 하는 건 아무 좋을 게 없을 것 같아요. 그 말이 사실이라는 법도 없는데 무조건 사실로 단정 짓고서는, 어차피 앞에서는 아무 말도 못할 거면서 괜히 우리끼리 분노하고 스트레스를 받는 것 같고요. 공부에 집중해야 할 때인데 없는 사람 뒷담화는 그만하는 게 좋지 않을까요? 아니면, 정 신경 쓰인다면 직접 가서 물어보는 게 나을 것 같은데…."

류향 학생은, 얘가 뭘 모르네, 하는 표정으로 말한다.

"성용아, 최고의 존엄 샤대 심리학자들이 발표한 연구 결과에 의하면 뒷담화는 집단의 결속력 강화뿐 아니라 오히려 스트레스 감소를 가져온댄다. 네가 우리 대화에 끼는 이유도 재미있어서잖아. 그리고 상대방의 등 뒤에서 쑥덕대는 말을 그의 면전에 대고 한다면 이 사회는 도저히 유지되질 못할 거야. 그냥 필요악이라고 생각해. 한 명만 희생하면 여러 사람이 스트레스도 풀리고 결속력 강화도 되고 좋은 게 좋은 거잖아."

그러나 류향 학생이 이런 뒷담화를 주도하는 건 아니다. 사실 뒷담화를 주도하는 자는 없다. 단지 뒷담화를 누가 만들어냈는가와 상관없이, 학생들은 그저 그 뒷담화가 만들어낸 분위기에 흡수될 뿐이다. 그들은 뒷담화에 대한 사실 여부에 대해서도 책임을 지지 않는다. 뱉어낸 말은 많은데 정작 책임을 지는 사람은 없다.

헤르미온느는 1학년 때부터 지금까지 한결같다. 그녀는 변하지 않는다. 그녀는 1등의 자리를 이제는 그 누구에게도 빼앗기지 않는다. 김소혜 학생은 장래 정치판을 위한 인권 동아리 활동을 포기하면서까지 공부에 전념하여 헤르미온느를 넘어서려고 하지만 여전히 넘어서기 어렵다. 변호사시험 합격만 하면 되는데 왜 이런 경쟁을 하려 할까. 이 둘이 마주 지나갈 때면 오뉴월에도 한기가 느껴진다.

이는 비단 헤르미온느와 김소혜 사이에서만 벌어지는 일이 아니다. 남자들의 다툼과는 다르게 여자들의 싸움은 보이지 않는 레이저가 퓸퓸 오가는 느낌이다. 왜 사이가 틀어졌는지는 모른다. 다만 확실한 건 그들과 휴게실에 같이 있을 때면 방에 산소가 없어진 것처럼 숨이 막힌다는 것이다.

전주호 학생은 나를 포함해 다른 학생들도 의심의 눈초리로 본다. 자기를 뒤에서 욕하고 있다는 의심의 눈초리다. 하지만 정작 전주호 학생에 대한 뒷담화는 없다. 그는 마치 예전에 휴학을 했던 정승윤 학생을 보는 것 같다. 아이러니하게도, 전주호 학생은 자신에 대한 뒷담화가 없는데도 뒷담화의 피해자가 된 셈이다.

3학년이 돼서도 여전히 혼자 다니는 박지훈 학생은 밤에 후배 여성을 따라가는 스토커 행위를 한다는 소문이 돌았다. 무슨 전과인지는 모르지만 소년원에도 갔다 왔다는 소문도 있다. 학생들은 더더욱 박지훈 학생을 멀리한다. 그들에게 in dubio pro reo(의심스러우면 피고인의 이익으로)에 근거한 무죄추정 원칙 따윈 없다.

물론 나는, 다른 학생들은 모르는 사실이지만, 박지훈 학생과 친분이 있기에 그에게 전과 따윈 없다는 것을 안다. 그리고 밤에 가는 방향이 박지훈 학생의 평소 귀갓길이고 그쪽에 그의 자취방이 있는 것도 안다. 이 사실을 학생들에게 알려주면 어떻게 될까. 학생들은 "왜 박지훈과 예전부터 알고 지낸 사실을 알려주지 않았느냐. 혹시 우리가 뒷담화한 게 너 때문에 들통난 것 아니냐."며 배신자로 낙인찍을 것이다. 반대로 박지훈 학생에게 뒷담화 사실을 알리면 그는 화를 낼 것이고 그로 인해 학교가 시끄러워질 것이다. 이도 저도 못 하고, 나는 그저 말없이 듣고 있을 뿐이다.

"애랑 친하면 개랑은 절대 친할 수 없다"는 릴보이의 노래 가사대로, 나는 나도 모르게 빌어먹을 어른이 되는 법을 배우고 있다.

3학년 1학기 때 박지훈 학생과 관련된 사건이 하나 더 있다. 앞에서 언급한 정승윤 학생을 기억하는가. 그는 예전만큼은 아니지만 아직도 가끔씩 의심의 눈초리를 하고, 학생들이나 교수에게 뒤에서 자신을 욕하는지 묻고 다닌다. 그런데 하필 박지훈 학생에게도 물었다. 이럴 때 써먹을 수 있는, 로스쿨에서 통용되는 전가의 보도와 같은 기술이 있다.

"심리학에 따르면 자신이 생각한 것보다 타인은 남들이 뭘 하든 신경을 쓰지 않는데요. 괜히 자기 혼자만 이상한 생각에 빠져 걱정하는 거죠. 남들은 정승윤 학생이 뭘 하든 신경 쓰지 않아요. 다들 공부하기 바쁘니까, 걱정을 좀 덜었으면 좋겠네요."

나는 로스쿨만큼 남 일에 신경쓰는 집단을 여태껏 본 적이 없다. 하지만 애꿎은 상황에서 벗어나고 싶기에 적당히 둘러대고 빠지는 것이다.

박지훈 학생은 혼자 지내는 스타일이라 그런 뒷담화 사실을 알 턱이 없다. 그런데 박지훈 학생의 대답은 의외였다.

"승윤 학생, 당연히 욕을 하죠. 당신이 이렇게 미친 사람처럼 주위를 귀찮게 하면 없는 욕도 만들어서 하죠. 승윤 학생 욕하는 비밀 카톡방? 당연히 있죠. 저도 봤는걸요. 사람 뒤에서 욕하는 게 얼마나 재미있는데 없겠어요? 그러니 귀찮게 하지 말고 서로 갈 길 가요."

그 옆을 지나가던 나는 박지훈 학생의 말을 들었을 때 험한 폭력사건이 벌어질까 우려했다. 하지만 정승윤 학생의 반응도 의외였다.

"아, 그래요? 하하, 그렇군요. 네 알겠어요."

그러고선 빙긋이 미소 지으며, 자신의 생각이 틀리지 않았다는 만족한 얼굴로 더 이상 묻지 않고 지나갔다. 그 후로 정승윤 학생을 자주 보진 못했지만, 이제 그가 학생이나 교수들에게 묻고 다닌다는 소리는 듣지 못했다.

　나는 박지훈 학생이 왜 그런 말을 했는지 모른다. 다만 알 수 있는 건, 정승윤 학생이 원했던 것은 뒷담화의 내용이 아니라 뒷담화가 존재한다고 생각한 자신이 틀리지 않았다는 사실이지 않았을까 싶다.

　공부하기도 바쁜 로스쿨에서 인간관계로부터 오는 피로감은 막심하다. 모두가 자기도 모르게 상처뿐인 지친 악마가 되어간다. 정말이지, 여긴 벗어나고 싶은 무간지옥이다.

○

6월 모의고사
_피할 수 없는 운명의 날

마지막 여름방학을 시작할 때쯤에는 법학전문대학원협의회(이하 "법전협")가 주관하는 모의시험이 시행된다. 매년 모의시험은 6월, 8월, 10월 3회 실시되며, 변호사시험 평가방식과 동일하게 5일 동안 시험을 보게 된다.

물론 출제 과정은 차이가 있다. 모의시험은 미리 문제들을 준비한 뒤에 교수들끼리 모여 출제를 검토한다. 직접 출제를 지켜본 것은 아니지만 출제 경험이 다수 있는 교수의 전언에 따르면, 모의시험의 경우 첫날 모였을 때는 시험과 상관없는 일로 수다를 떨며 친목 행위를 한다고 한다. 그리고 매우 긴 식사 시간을 가진다. 소화를 위한 티타임도 가지며, 그러다가 출제 마지막 날이 되어서야 취기가 있는 상태에서 진지하게(?) 문제를 출제하는 시간을 가진다고 한다.

유교 사상이 뿌리 깊은 좁디좁은 학회 선후배 관계에서 후배는 선배에게 감히 문제에 이의를 제기하거나, 자신의 문제로 변경해줄 것을 요구할 수 없다고 한다. 이에 반해 변호사시험 출제 과정은 법무부의 엄격한 통제 하에 충분히 오랜 시간의 합숙을 거쳐 진행된다. 교수들뿐만 아니라 현직 판사와 검사, 변호사도 다수 참여하며, 교수들 간의 친목 행위를 엄격하게 제한하고, 출제문제 선택도 까다롭게 한다고 한다.

6월 모의고사가 중요한 이유는 2년 반 동안의 공부 결과를 평가받게 되는데, 이는 그 누구도 피할 수 없다는 것이다. 전국 대부분의 로스쿨은 졸업 요건으로 모의시험 응시를 의무로 한다. 학력고사 같은 이전의 시험들은 경조사가 있는 경우 불참할 수 있었다. 하지만 6월 모의시험은 멀쩡히 잘 살고 있는 사람을 사자로 만들어 불참할 수 없다.

학생들의 스트레스는 극에 달해 다들 예민해진다. 약간의 소음, 냄새가 나더라도 컴플레인을 건다. 6월 모의고사 성적이 끝까지 간다는 속설 때문에, 학생들은 진통제, 영양제, 수면 유도제 등을 먹으며 공부한다. 교내 전문 상담관이 상담을 하는 횟수도 늘어난다. 공부에 집중하고자 스모커 패밀리 탈퇴를 위해 끊었던 담배도 다시 피기 시작한다.

5일간의 시험 과정 동안 중도 포기하는 학생들이 소수 생기기 시작한다. 시험을 치다가 올해는 글렀다는 것을 알게 되었기 때문이다. 울면서 뛰쳐나가는 학생도 보인다.

시험이 끝나면 안도감, 허탈감, 좌절감 등 복합적인 감정에 휩싸인다. 스모커 패밀리들은 6월 모의시험이 끝나면서부터 눈에 초점이 사라진다. 스모커 패밀리 출신이었던 선배 재시생들이 다가와 걱정하지 말라며, 변호사시험만 잘 치면 된다며, 여유를 가지라고 조언한다. 스모커 패밀리들은 재시생의 조언에도 불구하고 회한이 가득한 얼굴로 고개를 떨구고 다닌다.

스모커 패밀리의 일원이었던 3학년 학생이 1학년들 사이에 새롭게 형성된 스모커 패밀리를 바라본다. 그의 눈빛은 씁쓸하다. 너희는 우리들처럼 보이지 않는 늪에 빠지지 말라는 그런 표정이다.

하지만 그도 안다. 관성의 역사는 반복된다는 것을.

시험을 잘 보지 못한 학생들은 전략을 급하게 수정한다. 입학 당시 기본서와 관련해 강사 저로 할 것이냐 교수 저로 할 것이냐의 논쟁이 아니라, 기본서파와 핸드북파의 논쟁도 이때 시작된다. 즉, 이 시기에 핸드북파가 새롭게 결성되기 시작한다. 핸드북이란 손에 책을 들고 다녀도 팔에 무리가 가지 않을 정도의 작은 책을 의미한다. 두꺼운 기본서가 아닌 중요한 내용만 압축한 작은 핸드북을 여러 번 반복해서 보는 것이 오히려 수험에 적합하다는 게 핸드북파의 주장이다.

1학년 때부터 기본서를 꾸준히 정리해온 기본서파 학생들은, 기본 실력도 없는 상태에서 임시방편으로 논리가 완전히 절단된 핸드북을 무작정 암기하면 오히려 법학 실력이 허술해진다며 핸드북파를 조롱한다. 정답은 없다. 결국 자기에게 맞는 방향으로 가면 되는 것이다.

"야구는 9회말 투아웃부터"라는 말이 있듯이 결과는 끝까지 가봐야 안다. 적어도 그렇게 믿고 가야 한다. 사실 돌아가기엔 이미 늦었다.

○

시험 앞에 평등
_절망적인 희망사다리

로스쿨에는 다양한 인간군상이 존재하는 만큼 경제력도 다 다르다. 로스쿨은 돈 많은 사람들이 입학한다는 편견이 있다. 아니 땐 굴뚝에 연기 날까, 실제로도 부유한 사람들이 꽤 많이 입학한다. 장학금을 준다고는 하지만 자신의 소득분위가 정확히 어느 정도 되는지, 얼마만큼 받을 수 있는지 확신할 수 없다. 그런 불확실한 상황에서 3년간 등록금 5~6천만 원에 생활비, 책값, 인터넷 강의비까지 합해 1억이 넘어가는 비용을 투자하는 리스크는 아무나 감당할 수 있는 게 아니다. 기회비용까지 고려한다면 리스크가 더욱 커진다. 경제 상황이 여유롭지 않은 한 '입학 준비' 자체가 꺼려지는 것이다.

법전협은 로스쿨이 사회의 '희망 사다리'라며 연례행사처럼 3월쯤에 장학금을 대폭 지급한다는 것을 홍보한다. 최근 법전협은 저소득층 100% 장학금 지급을 강조, 홍보하기 위해 2분위까지는 전액 장학금을 지급한다. 그런데 전체 장학금 예산은 큰 변동이 없다. 어떻게 이런 일이 가능할까? 그렇다. 보이지 않는 사실이 있다. 그만큼 3, 4, 5분위는 과거보다 훨씬 적은 장학금을 지급받는다. 즉, 어설프게(?) 가난하면 장학금 지급을 제대로 못 받는다.

특히 하위권 로스쿨일수록 소득분위가 낮은 학생들이 입학하는 경향이 있다고 이원성 (전)원장이 말한 적이 있는데, 그런 만큼 한정된 재원을 나눠 줘야 하니 예상보다 적은 장학금을 받을 수밖에 없다. 소득분위도 실제 경제조건과 다르게 잡히는 경우도 많다. 이는 비단 로스쿨에서만의 문제는 아니지만, 외제차 타고 다니는 학생이 매 학기 5백만 원이 넘는 장학금을 받는 부조리한 현실도 목격된다.

장학금을 전제로 입학 계획을 세웠는데 입학 후 장학금을 받지 못하면 어떻게 될까? 슬프지만 그런 일이 일어났다. 동기 이정현 학생은 아버지가 트럭 운전수에 어머니가 주부인, 빌라 한 채에 자가 승용차도 없는 가난한 집안의 아들이다.

소득분위에 따라 장학금을 적극 지원하기에 흙수저도 변호사가 될 수 있다는 법전협의 홍보를 믿고 이정현 학생은 집안을 일으켜보고자 로스쿨에 입학했다. 하지만 웬걸, 1학년 1학기 때부터 장학금을 받지 못하는 소득분위가 나왔다. 물론 잘못 측정된 건 아니었다. 단지 소득분위가 현실을 반영하지 못한 탓이었다. 화물트럭 운전수인 아버지는 자기명의로 차를 등록해야 회사와 계약을 할 수 있는 조건이었다. 외제차보다 비싼 큰 화물차가 소득분위에 잡히게 되어 장학금을 받을 수 없게 된 것이다. 그렇다고 아버지가 일을 하지 않는다면 가계 상황은 더욱 힘들어진다. 이정현 학생은 휴학 후 생활비를 벌고 복학한 뒤 등록금은 학자금 대출을 받는 것으로 계획했지만, 가족과의 상의 끝에 휴학 없이 3년 뒤 변호사시험을 치르기로 한다.

이정현 학생의 궁한 수험 생활은 1학년 1학기 때부터 눈에 띄었다. 당연히 술과 담배는 물론, 카페에서의 커피 타임도 전혀 가지지 않았으며, 늘 허름한 옷을 입고, 값싼 학생식당에서 점심 저녁을 해결했다. 아침은 학생지도센터에서 주고 남은 간식거리를 전날 밤 한 묶음 챙겨놓았다가 식사로 대체했다. 자취방은 학교 기숙사보다 싼 월세 15만 원짜리 잠만 자는 방을 택했다. 잠만 자는 방이란 신림동 고시촌에서 시작된 방 형태로, 허름하고 낙후된 건물이 원룸 시장에서 도태되자 이런 방들을 다른 원룸들보다 훨씬 싼 가격으로 내놓은 것을 말한다. 방은 한 사람이 누우면 꽉 찰 정도로 좁고 화장실 겸 세면장은 공용이다. 말 그대로 잠만 잘 수 있는 방이다. 고시촌에서는 이런 방들이 생각보다 수요가 많았다. 사법시험을 준비했던 나이 많은 동기 형이 고시 수험가에서 유명했던 격언을 해준 적이 있다. 고시생은 좋은 집에 살면 합격이 안 되고 허름한 집에 살아야 빨리 나가고 싶어 열심히 공부한다는 것이다. 그래서일까, 이정현 학생은 정말 열심히 공부를 했다.

하지만 결국 3학년 되어서 탈이 나고 만다. 집안은 돈 빌릴 형편이 아니고, 학자금 대출한도도 다 찼기 때문이다. 로스쿨 학생에게는 은행이 마이너스통장을 발급해주는데 이 마이너스 통장의 한도도 다 찼다. 이제 이자 갚기도 버거운 상황이된다. 겨우 친한 지인에게 5백만 원을 빌리게 된다. 시험에 한번이라도 떨어지면 가난한 그에게 다음 선택지는 없다. 누군가에게는 하찮게 보일 5백만 원이 그에게는 인생이 달린 돈인 것이다.

나는 이정현 학생의 이런 상황을 수업 중에 알게 되었다. 어느 생각 없는 교수가 이정현 학생의 사정을 언뜻 들은 적이 있는 듯, 더 자세히 알려고 이정현 학생에게 꼬치꼬치 캐물었다. 가난은 힘들지만 창피한 일이 아니라는 듯 이정현 학생은 솔직하고 무덤덤하게 현재 상황을 말해준다. 교수는 그의 말을 듣고는, 로스쿨은 '희망의 사다리'라며 흙수저도 변호사로 성공할 수 있으니 힘내라고 격려(?)한다. 나는 교수가 참 눈치 없는 사람이라고 생각한다. 그나마 다행인 것은 자신이 독일의 혹독한 겨울을 어떻게 견디고 이겨냈는지, 포장된 영웅담을 늘어놓지 않았다는 것이다.

로스쿨 소재의 드라마가 나온다면 아마도 주인공은 흙수저 출신의 학생일 것이다. 사람들은 누구도 흙수저로 태어나고 싶어 하지 않지만 흙수저의 성공신화는 좋아한다. 바라기로는, 주인공인 흙수저 학생에게 간접광고를 이유로 여러 옷을 입히지는 않았으면 좋겠다. 진짜 흙수저 학생은 한 계절에 두벌 이상 옷을 가지고 있지 않다. 그의 자취방도 넓고 깔끔하게 표현하지 않았으면 좋겠다. 현실의 방은 카메라 구도를 잡기 힘들 정도로 좁다.

그렇다면 과연 경제력이 변호사시험 합격에도 영향을 미칠까? 사실 경제력은 합격의 변수에서 작은 일부분에 지나지 않는다. 영화 〈타짜〉에서 호구는 사랑하는 예림이에게 모든 게 운칠기삼이고, 기는 결국 돈이라고 말한다. 그래서 호구인 것이다. 운칠도 아니다. 꼰대처럼 이런 말은 하기 싫지만 모든 건 노력이다. 이 바닥만큼 노력해서 안 되는 건 없다. 의자에 앉아 가슴이 뜨거워질 만큼 공부하면 합격하는 시험이다. 부자든

빈자든 하고 싶은 걸 참고, 인내하며, 우직하게 공부하면 된다. 허리가 아파서 미칠 것 같아도 공부를 해야 하고, 경조사가 있더라도, 보고 싶은 사람이 있더라도, 꼭 만나야 하는 사람이 있더라도, 가고 싶은 곳이 있더라도 참고 또 참고 의자에 앉아서 공부하면 합격한다.

드라마에서는 여러 사건을 만들어내어 등장인물들이 이런저런 잡다한 일들로 수선을 피겠지만 그러다가는 피안대 로스쿨 꼴 난다. 오지랖 넓게 이 일 저 일 참견하는 사람이 변호사시험에 합격하는 것은 드라마라서 가능한 일이다. 세상의 스포트라이트를 받는 드라마 속 주인공은 일견 화려해 보일지라도, 종국에 빛을 발하는 건 남들이 주목하지 않아도 묵묵히 고개 숙여 자신의 공부를 해내는 엑스트라 같은 학생이다. 말없이 혼자서 공부하는 것만이 시험의 왕도이자 정도다. 며칠째 말을 하지 못해 혼잣말이라도 하고 싶지만 목이 잠겨 목소리가 제대로 나오지 않는다. 그렇다. 수험 생활은 그렇게 외롭고 힘든 것이다.

헌법 제11조는 모든 국민은 법 앞에 평등하다고 말한다. 법을 공부한 나도 그걸 믿지 않는다. 하지만 그런 나도 말할 수 있는 것이 있다. 시험 앞에 모두는 평등하다.

○

마지막 여름방학
_변호사라 쓰고 사다리충이라 부른다

마지막 여름방학이다. 6월 모의고사 결과가 저조한 학생들은 지푸라기라도 잡고 싶은 심정으로 소수 정예인원만 들을 수 있는 특강을 위해 고액의 학원비를 내고 서울의 학원에 등록한다.

여름방학은 최신 판례강의를 듣는 기간이기도 하다. 시험에서는 최신 판례가 많이 나온다. 최신 판례의 특유한 법리가 수험 법학에서 유의미하기도 하며, 교수 입장에서는 판례가 변경된지 모르고 구 판례를 냈다가 출제 오류가 발생할 염려도 없기 때문이다.

물론 교내 교수들은 손수 최신 판례를 정리해 가르쳐주지 않는다. 최신 판례를 별도로 수업 진행을 하면 로스쿨 수업이 변호사시험 합격을 위해 존재하는 학원 같은 인상을 주기 때문이다.

무슨 소린가 하겠지만, 이젠 다들 알다시피, 독일의 혹독한 겨울을 견디며 박사학위를 따낸 그들은 그들만의 사고가 있다. 다행히도 작년에 새로 취임한 이중원 원장은 고시합격 출신으로 수험생의 마음을 잘 알고 있기에, 원로 교수들의 반대를 무릅쓰고 학원 강사와 출제위원급 교수들의 최신 판례 특강을 많이 열어주고 있다.

여름방학을 최신 판례와 함께 시간을 보내는 중, 이번에 시험에 합격한 선배 변호사가 응원차 저녁을 사주기 위해 학교를 찾아왔다. 동문회 선배는 아니지만 겨울방학 합격률 시위 때 옆자리에 앉아 많은 대화를 나눴던 친분이 있기에 나도 저녁식사 자리에 함께할 수 있었다.

변호사가 된 선배의 모습은 많이 변해 있었다. 선배는 3학년 때만 해도 떡진 머리에, 검은 때가 묻은 후리스, 맨발에 삼선 슬리퍼를 신고, 지쳐 보이는 표정으로 고개를 숙이고 다녔다. 거북목 상태도 매우 심했다. 그 당시 선배의 모습을 본 나는 반면교사랄까, 내가 3학년이 되면 건강관리를 잘 하고, 깨끗이 씻고, 그때 가서 무리하지 않도록 지금 열심히 해야겠다는 생각을 했다. 물론 관성의 역사는 반복된다.

지금 선배는 멋쟁이 신사가 되어 있었다. 심각하게 나왔던 배도 많이 들어가고 전체적으로 살이 빠졌으며, 말끔한 정장에 머리는 포마드로 깔끔하게 정리했다. 거북목 증상도 많이 나아진 듯했다. 시험에만 합격하면 만병이 치료된다는 속설이 있는데, 그 말이 사실처럼 느껴졌다.

술자리에서 누군가 선배에게 인물이 훤하다며 이제 결혼하는 일만 남았네요, 하자 선배는 으쓱해하며 소개팅 일화를 말해준다.

"너희들, 변호사 되면 소개팅이 많이 들어오는 거 알지? 나도 변호사가 된 지 한 달 동안 소개팅을 몇 번이나 했는지 모른다. 변호사가 소개팅을 하면 좋은 점이 뭔지 알아? 변호사는 정해진 월급이 없다는 점이야. 예를 들어 대기업을 생각해봐. 연봉이 연차에 따라 정해져 있잖아. 그래서 연봉을 속이려 해도 상대방이 다 알아. 하지만 변호사는 아니지. 연봉이 1억이든 3억이든 실제로 그만큼 받지 않는데도 말만 잘하면 믿는다는 거야. 물론 나중에 거짓말이 걸릴 수도 있겠지. 하지만 그전에 정을 들이면 그만인 거지, 하하."

후배 한 명이, 요즘 변호사가 예전 같지 않다는 건 세상이 다 알지 않느냐고 물어본다. 선배 변호사는 기다렸다는 듯이 말을 한다.

"물론 요즘 변호사 업계가 힘들지 않느냐고 물어 오지. 하지만 아까 내가 뭐라고 했어? 그러니깐 말을 잘해야 한다고. 그때는 내가 바로 이런 말을 하지. 저기 혹시 우리나라에서 돈을 제일 많이 버는 1등 로펌이 어딘지 아세요? 십중팔구 다 김앤장이라고 말을 해. 다 안다는 거지. 그러면 이번엔 내가 묻는 거야. 왜 김앤장이 1등인지 아세요? 그러면 상대방은 모른다고 대답할 거야. 그때 지긋이 미소를 지으며 이런 말을 하는 거지. 그건 제가 아직 로펌을 세우지 않았기 때문입니다."

그 말에 나는 손발이 오그라들었지만 남들처럼 덩달아 웃기만 했다.

선배는 재차 말한다.

"나도 알아, 오글거리는 거. 그리고 허세처럼 보이는 것도. 내 말은, 그냥 뭔가 능력이나 자신감이 있는 것처럼 보여주며 재치 있게 넘어가라는 거야. 너희들도 명심하고 나중에 잘 써먹어."

나는 선배가 이런 얘기를 하는 것 자체가 삶이 여유로워진 것의 반증이라고 느껴져 부러웠다. 하지만 선배 변호사는 취기가 돌자 그냥 웃어넘길 수 없는 현실을 토로한다.

"사실 요즘 업계가 힘들다. 등록금과 생활비로 1억 원 가까운 돈과 3년의 청춘을 투자했는데 합격에 대한 보상은 기대에 못 미쳐. 휴… 연봉 1억은 무슨…. 동갑내기 연차가 쌓인 대기업 사원보다 못 버는 게 요즘 변호사야. 이제는 변호사 숫자 규제가 필요해. 이건 열심히 공부한 너희들에게도 결과적으로 도움이 된다. 너희는 열심히 준비해서 시험 잘 보고, 시위 같은 건 하지 마. 선배의 진심 어린 조언이다."

그도 합격자 수를 늘려달라는 시위에 적극적으로 참여했던 학생이었는데, 막상 변호사가 되자 이제는 줄여야 한다고 말한다.

우리는 이런 이들을 사다리충이라고 부른다. 사다리충이란 장하준의 저서 『사다리 걷어차기』라는 책에서 따온 은어다. 이 책은 앞서 성장한 나라가 자국의 이익을 위해 뒤따르는 나라가 같은 방법으로 성장하는 것을 막는 행위를 사다리 걷어차기라고 규정한다. 로스쿨에서는 로스쿨을 통해 사법시험보다 훨씬 쉽게 변호사가 됐으나 이제는 자신들의 이익을 위해 변호사 숫자를 줄이자고 하는 변호사를 일컫는다.

후배 한 명이 선배는 시위에 참여했는데 왜 이렇게 변했는지 물어본다.

선배 변호사는 한숨을 내쉰 뒤 말을 이어간다.

"자리가 사람을 만든다고, 너희도 변호사가 되어봐. 여긴 지옥이야. 갈수록 대우가 못해지고 있어. 이런 말을 하는 나도 자괴감이 들지만 어쩔 수 없어. 이건 너희들 그리고 나를 위한 것이다."

　말을 하는 선배 변호사의 눈시울이 붉어진다. 나는 사다리충의 배신적 태도를 경멸해왔지만, 막상 눈앞에서 고개를 푹 숙인 선배를 보니 힐난할 마음이 사라졌다.

　생각이 많아지는 밤이었다.

3학년
2학기

커리큘럼
_도제식 교육 따윈 개나 줘버려

이제 마지막 학기다. 학생들은 개인 공부에 집중하기 위해 학교 수업을 거의 듣지 않는다. 로스쿨의 취지 중 하나는 도제식 교육이다. 도제식 교육은 스승이 제자와 숙식을 함께하며 엄격하게 훈육하는 교육이라는 사전적 의미를 가지고 있다. 함께 숙식? 앞에서 말한 대로, 로스쿨 교수는 대부분 서울에 집을 가지고 있기에 수업만 끝나면 서울로 가버린다. 그들에게 지방대 로스쿨 교수라는 직업은 KTX로 출퇴근해야 해서 통근시간이 좀 긴 게 단점인, 2시간짜리 주 3회 강의를 하는 워라밸 좋은 직업일 뿐이다. 방학 때는 굳이 연구를 위해 오스트레일리아에 있는 도서관에 가야 한다며, 연구비를 받아 가는 그런 '신의 직장'인 것이다.

어차피 학생에게도 이제 교수는 골칫덩이일 뿐이다. 학생들은 수강 신청도 최소 신청학점인 6학점만 듣는다. 이마저도 신청만 하고 듣지는 않는다. 최소 신청학점인 6학점은 최대 결석 횟수를 맞추고, 초과 결석 횟수는 병원 진단서로 보전한다. 교수들도 3학년 2학기 수업에서는 눈치껏 출석을 부르지 않는다. 학생들 중 꽤 많은 인원이 서울에 방을 잡고 고액의 학원비를 내며 학원 수업을 듣기 시작한다. 한 학기 천만 원의 등록금을 땅바닥에 버리는 셈이다. 학원 수강을 위해 서울로 간 학생뿐만 아니라 지방에 남은 학생들도 학원 커리큘럼에 맞춰지게 된다.

학원 커리큘럼은 1년 과정으로, 기본 강의-사례 강의-객관식 강의-최신 판례 강의-진도별 모의고사-파이널로 구성되며, 기록형 특강이나 별도의 특강이 추가로 열린다.

이 시기는 진도별 모의고사와 파이널을 듣는 기간이다. 진도별 모의고사 기간은 강사가 창작한, 실제 변호사시험에 출제될 수 있는 문제를 푸는 기간이다. 시험이 다가올수록 학생들의 불안 심리가 커진다. 그렇기에 미출제된 쟁점 등 출제 가능성이 있는 문제를 미리 풀어보는 시간을 가지는 것이다.

파이널은 그동안 배웠던 내용들을 시험 직전에 다시 정리하는 시간이다. 로스쿨 전학생이 듣는 기본 강의보다는 스스로 부족하다고 느끼는 과목만 선택적으로 듣는다. 그럼에도 역시 사람의 심리상 전 과목을 듣는 학생들도 생긴다.

　앞서 말했듯이 학원 강사들의 삶의 사이클은 학생과 많이 닮아 있다. 학원 강사들도 파이널 시즌이 가장 바쁘다. 동영상으로만 봐도 학원 강사들의 얼굴은 학생들과 마찬가지로 다크서클이 심해지고, 지쳐 보인다. 몸을 망쳐가면서까지 수업을 열심히 하는 이유는 자신의 강의를 듣는 학생들의 합격률에 따라 이듬해 수강 인원이 달라지기 때문이다. 물론 이런 경제적인 이유 말고도 다른 이유도 있다.

　수업 중 잡담을 하지 않기로 유명한 학원 강사가 파이널 강의 수업 전에 학생들이 합격하길 바라는 이유를 말한 적이 있다.

　"여러분이 합격 발표 전날 잠을 못 이루듯 저에게도 합격 발표는 잠이 안 오고 숨 막히게 떨리는 날입니다. 합격 발표가 나면 혹여 학생들의 문자나 전화가 올까 봐, 아니면 합격해서 카톡 프로필 사진이 변했는지 미친 듯이 전화기만 보게 돼요.

　여러분, 길 가다 혹시 저를 본 적 있으세요? 아마 없을 거예요. 전 밥도 도시락을 싸 와 먹거나 고시촌 밖에 나가서 먹어요. 이동할 때도 학생들이 자주 가는 길이 아닌 외진 구석으로 돌아서 학생들을 피해 다니죠. 그리고 항상 고개를 떨구고 다닙니다. 동료 강사들이 저에게 왜 이렇게 고개를 떨구고 다니는지 물어보죠. 작년에 만났던 학생들을 다시 만나는 게 두려운 거예요. 너무 미안해서….

제가 아닌 다른 강사 수업을 들었으면 합격했을까, 내가 더 열심히 가르쳤으면 합격했을까. 혹여 날 원망하고 있는 게 아닐까 하는 생각들이 제 머릿속을 휘어잡아요. 하지만 전 다시 차분히 수업을 해야 하죠. 그래서 고개를 떨구고 못 본 체하고 숨어 다니는 거예요.

제가 하는 모든 일이 다 이런 것 같네요. 변호사 업무를 할 때도 의뢰인에게 다음에 또 보자고 할 수 없죠. 마찬가지로 강사 일을 할 때도 학생들에게 다음에 또 들으라고 할 수 없잖아요. 합격해서 안 보는 게 저에게는 더 없이 좋은 일인 거죠.

여러운, 부디 꼭 합격하세요. 그리고 저한테 연락 안 해도 돼요. 저와 마주치지 않으면 전 다 합격했다고 생각할게요. 그러니 저와 마주치지 않는 게 가장 좋은 일이에요."

시험을 치른 후 제아무리 잘 본 학생도 합격 발표 일주일 전에는 맨날 악몽을 꾸게 된다고 한다. 이런 심리적인 고통마저도 학원 강사가 우리와 닮아 있다는 생각이 든다.

232

물론 학교에 남은 학생들을 위해 열심히 수업을 하는 교수도 있다. 그 교수는 말한다.

"여러분, 서울로 올라가지 말고 학교에 남는 게 좋습니다. 학교에서 수업 열심히 들으며 공부하는 학생들이 오히려 많이 합격합니다. 결과가 말해줍니다."

맞는 말이다. 실제로 2학기 때 서울로 올라간 학생들의 성적이 더 좋지 않고 불합격 비율이 더 높다. 단지 뭐라도 해야 한다는 심리적 불안감에 서울에 올라갈 뿐이다. 1, 2학년 때 왜 3학년 학생들이 보기 힘들었는지 이제 알게 된다. 이 시점에서 학교 커리큘럼은 무의미하다.

변호사시험의 준비 디데이

_분골쇄신

이제 변호사시험이 얼마 남지 않았다. 학생들은 SNS에 변호사시험 시간표를 프로필로 지정한다. 그리고 D-day를 표시하며 결의를 다진다. 그러나 지방대 로스쿨 학생은 절대로 학교 표시는 하지 않는다. 학교 표시는 서울 대형 로스쿨 이상부터 표시하는 게 암묵적인 룰이다.

학생들은 무리하기 시작한다. 온갖 건강기능식품, 한약, 의사의 처방전이 필요한 약, 이상한 영어가 적힌 고농축 카페인, 영양제, 진통제 포장지가 열람실과 쓰레기통에 널려 있기 시작한다. 실제 효과가 의심스러운 듣도 보도 못한 약들도 널브러져 있다.

스포츠에서는 약물 사용을 엄금하며, 불법 약물을 하는

사람을 로이더라고 규정한다. 도핑테스트(약물 검사)에서 로이더로 적발되면 대회에 출전할 수 없게 한다.

로스쿨에서도 농담으로 도핑 테스트를 시행해야 하는 게 아니냐는 농담이 있을 정도로, 변시가 다가올수록 학생들은 각종 약과 영양주사를 맞고, 에너지 드링크, 고카페인 음료를 섭취한다.

열람실 내 바로 맞은편에서 공부를 하던 동갑내기 정기훈 학생은 항상 작은 상자에서 약을 몰래 꺼내 먹곤 했다. 처음에 무슨 약인지 물어봤을 때는 종합비타민 약이라고 했지만, 한 번씩 호흡이 가빠질 때 급하게 먹는 걸 보고 종합비타민 약이 아니라는 것을 알게 되었다. 정기훈 학생은 결국 나에게 사실대로 말해준다.

"성용아, 이거 사실 항우울증 약인데 불안증세나 공황장애로 정신적 위험 수위가 높아질 때 먹는 거야. 너만 알고, 다른 학생들한테는 말하지 마. 너 '레퍼체크'라는 거 알지? 나중에 취업할 때 학교 동기나 선배한테 취업 지원자에 대해 물어보는 게 있대. 항우울제 먹는 거 소문나면 나중에 레퍼체크에 걸려 취업이 힘들어질지도 몰라."

나는 언제부터 먹기 시작했는지 재차 물어본다. 정기훈 학생은 한숨을 쉬며 대답해준다.

"너, 내가 검사되고 싶어 한 거 알고 있지? 검찰 본고사에 떨어져 포기했지만, 계속 아쉽고 슬프더라. 어릴 때부터 꿈꿔 왔는데 결국 되지 못한다는 사실을 인정해야 하니 말이야. 그 날 이후 공부도 안 되고, 변호사시험에 합격해도 검사가 되지 못한다는 생각에 마치 누가 목을 조르는 것같이 숨이 막히고, 자려고 누우면 이상한 구덩이로 빨려 들어가는 느낌이 들더라. 그래서 의지만으로는 안 되겠다 싶어 먹기 시작한 거야. 이제 10개월 정도 됐네. 약을 먹고 난 후 지금은 많이 나아졌어."

별로 친하지 않은 동기였지만 나는 그에게 위로를 해주었으며, 비밀을 지키겠다고 맹세했다.

하지만 변호사시험이 한 달 남았을 무렵, 정기훈 학생의 항우울제 복용 사실이 학교 전체에 퍼졌고, 그는 교내 상담 대상이 되었다. 정기훈 학생은 소문을 낸 주동자로 날 지목한다. 정말 비밀을 지키고 있던 나로서는 억울했다. 정기훈 학생은 너만 아는 사실인데 다른 학생들이 어떻게 다 알고 있냐고 책망한다. 결국 나도 화를 냈고 정기훈 학생과 심한 말다툼을 했다. 시간이 지나면 오해를 풀고 화해를 하고 싶었으나, 정기훈 학생은 그날 뒤로 변호사시험 전날까지 학교에 오지 않았다.

정신적인 부분 외에도, 아무리 이런저런 약을 먹더라도 학생들의 몸은 망가지기 시작한다. 허리디스크로 병원에 가야만 하는 학생도 생긴다. 병원 가는 시간이 아까워 약으로 버티다가 종내에는 병원 신세를 지는 학생도 있다. 그 학생은 변호사시험 전까지 누워서 공부해야 하는 상태가 된다.

대부분의 학생들은 운동할 시간도 없이 밥을 먹자마자 바로 공부하는 생활이 계속되면서 살이 찌기 시작한다. 먹는 걸로 스트레스를 해결하는 학생은 심각한 성인병에 걸린다. 거북목이 아닌 학생이 찾아보기 힘들 정도로 목도 많이 굽어진다. 꾸준한 운동으로 극복하면 좋겠지만 시간이 없기에 다이어트 약을 복용하거나 인터넷에서 파는 굽은등 교정기를 사용한다.

신입생 때만 해도 짙은 화장을 하고 예쁘게 또는 멋있게 차려입은 학생의 모습은 온데간데없다. ET처럼 튀어나온 배가 불편하지 않게 츄리닝만 입게 되고, 눈을 혹사시켜 안경을 쓰게 된다. 잘 씻지 않아 몸에 냄새가 배고, 이발할 여유가 없어서 머리는 더부룩해진다. 스트레스성 탈모로 군데군데 원형탈모가 온 동기도 있다. 자신의 외모가 마음에 들지 않아 로스쿨 밖 사람들에게 자신의 모습을 보여주고 싶지 않게 된다.

점차 변해가는 자신과 주변 상황이 우울감을 더욱 심하게 만든다. 이제는 씻을 때도 거울을 보지 않는다. 겨울철 뜨거운 물로 인해 화장실 거울이 뿌예졌을 때에야 비로소 고개를 든다. 이런 모습을 누가 좋아할까. 드라마나 영화에 나오는 법조계 인물들은 다 잘생기고 멋지다. 로스쿨 드라마에 나오는 로스쿨 학생들도 다 잘생기고 멋있고 예쁠 거라고 생각하니, 현실과 이상의 괴리에 씁쓸하기도 하다.

3학년 스모커 패밀리 출신(앞서 언급한 것처럼 이 시기에는 무리지어서 담배를 피지는 않는다.)들은 이제 밖에 나가 담배를 피우는 시간도 아까워 몰래 실내 흡연을 한다. 걸려도 다시 피운다. 어차피 한두 달 뒤면 학교를 다닐 이유도 없기에 배 째라는 식으로 어떻게든 숨어서 담배를 피운다.

공부 계획과 공부 방법도 급격하게 변한다. 다들 좋은 방법이 아니라는 것을 알면서도 시험에 대한 불안감에 책을 이것저것 구매하기 시작한다. 팔랑귀가 되어 객관식 문제집이 있는데도 다른 객관식 문제집을 사고 평소에 듣지 않던 강사의 강의도 들으면서, 결국 읽지도 않을 그리고 보지도 않을 강의를 구매하게 된다.

학생들은 서로 대화를 하지 않기 시작한다. 불안감의 표출로 서로를 감정 쓰레기통으로 만들기 때문이다. 상대방의 자신감 있는 모습을 보면 괜히 심술이 나고, 우울해져 있는 모습을 보면 자신의 모습을 보는 것 같아 더 우울해진다. 혹여나 화장실을 가더라도 눈을 마주치려고 하지 않는다. 의자에서 일어서면 고개를 떨구고 다니는 게 마음이 편해진다.

이 시기는 면접 시즌이기도 해서 입시생들이 면접을 보러 온다. 입시생들은 조금이라도 잘 보이기 위해 아침 일찍 미용실에서 메이크업을 받고 새로 산 정장을 입고 온다. 부모님은 걱정스런 마음에 추운 겨울에도 학교 앞 벤치에서 자녀들을 기다린다. 재학 중 매년 초면 보는 장면이지만, 졸업을 앞둔 시점에서 보니 사뭇 다른 느낌으로 다가온다.

○

헤르미온느 이야기 II
_고단한 재시생

3학년 2학기에는 법전협에서 주관하는 8월, 10월 모의시험을 치르게 된다. 8월, 10월 모의고사는 변호사시험에 떨어진 재시생들도 실전 감각을 유지하기 위해 학교에 와서 응시하게 된다.

변호사시험 재시생들의 삶은 실로 고단하다. 대중들은 변호사시험을 돈만 주면 합격하는 시험으로 알고 있기에 불합격하면 이상한 사람으로 취급한다. 가족들도 마찬가지다. 주위의 친한 동기들은 합격하는데 자신만 떨어지면 우울해지지 않을 수 없다. 빨리 다시 정신을 가다듬고 공부해야 하는데, 4월 말에 발표가 난 뒤 6월에 들어서야 정신을 차리기 시작한다. 그때는 시험이 6개월 밖에 남지 않은 시기다.

정신적으로 힘든 시기에 물질적으로도 가난한 상황이라면 끔찍한 절망에 빠질 수밖에 없다. 다시 돈을 벌어 공부할 수도 없다. 잠깐 일을 하여 돈을 벌고 그 돈을 다시 공부에 쏟아붓는 악순환은 사법시험 시절부터 있었던 최악의 사이클이다. 그러나 이제는 끝이 난 것이다. 그나마 재정적 여유가 있는 재시생은 집안 눈치가 보여 수험가에 원룸을 구하고 학원에 등록한다. 학원도 재시생의 경우 로스쿨 등록금과 맞먹는 학원비를 받는다.

책상에 앉아 공부를 하는 중에도 또다시 그 힘든 변시의 5일을 어떻게 버티나 하는 생각에 숨이 막히기 시작한다. 일종의 외상 후 스트레스 장애(PTSD)로 볼 수 있다. 재학생 시절과 달리 힘이 나지 않는다. 애써 강제성을 부여하려고 B학원의 스파르타반에 등록한다.

선배 재시생에게 스파르타반은 어떤지 물어본 적이 있다. 휴대폰을 반납하고 아침부터 밤 10시까지 매시 10분간의 쉬는 시간과 밥 먹는 시간 외에 감독관의 엄격한 통제 하에 공부해야 한다고 한다. 흡사 고등학교 야간자습시간과 같다는 것이다. 아니, 그보다 더 엄격하다고 한다. 왜냐하면 쉬는 시간 외에는 마음대로 화장실에도 갈 수 없기 때문이다. 그렇다고 공부 분위기가 잘 형성되어 있지도 않다고 한다. 공부를 하지 않아 재시생이 된 주제에 집중하지 못하는 자신의 잘못을 다른 이들 탓으로 전가하여 시비가 붙는 경우가 왕왕 있다는 것이다. 또한 재시생과 삼시생, 사시생까지 모여 있으니, 소속 로스쿨에서 있었던 재미있는 얘기를 풀어놓으며 친목을 다지게되고 거기서도 스모커 패밀리가 생긴다는 것이다.

이런 재시생의 고단함은 다음 해 변호사시험 불합격으로이어진다. 실제 재시부터는 합격률이 급격히 낮아진다.

피안대 재시생들도 창피를 무릅쓰고 8월, 10월 모의고사를 보러 온다. 이때 헤르미온느의 복수가 시작되었다. 지난날피안대 헤르미온느가 상급생 시험을 치려다 선배들이 단체로원장실로 찾아가 항의를 한 적이 있다.('헤르미온느 이야기 Ⅰ' 참조) 그때 항의한 선배들은 다 변호사시험에 떨어져 재시를 준비하는 처지가 되었다. 남 신경 쓰지 말고 자기 자신에게 집중하라며 그게 합격의 지름길이라고 말했던 헤르미온느의 선경지명에 무릎을 치게 된다.

헤르미온느는 그 선배들을 보자 씨익 웃고는 교학과로 찾아간다. 그리고 괴성을 지르면서 이런 말을 한다.

"왜 저런 패배자들을 학교에 다시 오게 해서 시험을 보게하세요? 패배자들이랑 같이 시험을 보면 부정 타요! 부정 탄다고요! 당장 가방 싸서 나가라고 하세요!"

원장과 교직원들은 헤르미온느를 말린다. 하지만 헤르미온느는 끄떡없다.

"원장님, 쟤들은 돈도 안내고 시험을 치잖아요. 이거 다 제 등록금이잖아요. 왜 제 등록금이 저런 패배자들에게 쓰여야 하나요? 재시생 합격률 아시잖아요. 쟤들은 어차피 또 안 될 거예요, 그리고 우리 아버지 누군지 아시죠? 일 더 크게 만들기 싫으면 저 실패자들더러 당장 나가라고 하세요!"

소란이 더 시끄러지자 학생들이 모여들었고, 재시생들은 고개를 떨구었다. 재시생 중 한 여학생은 닭똥 같은 눈물을 흘리기 시작한다. 결국 헤르미온느를 잘 타일러 재시생들은 모의시험을 무사히 보게 되었다.

이 일을 보며 나는 죽어도 재시는 하지 않을 거라고 다짐했다.

헤르미온느가 옆을 지나갈 때마다 등골이 오싹해진다. 그날 이후 헤르미온느의 무서움을 알게 된 김소혜 학생도 헤르미온느의 '헤'자도 꺼내지 않게 되었다.

○

엔시생 그리고 오탈자
_시험 중독

모의고사 기간에는 재시생뿐만 아니라 지나가다가 어쩌다 본 얼굴, 난생처음인 얼굴도 보게 된다. 그렇다. 그들은 엔시생이다. 세상은 재시에서도 실패해 다시 시험을 보게 된 학생을 엔시생으로 정의한다. 삼시생은 그나마 두 기수 차이로 1년간 함께 재학한 적이 있어 얼굴은 기억나지만 사시생 이후로는 도무지 알 길이 없다. 다만 축구 동아리 활동 때 봤던 선배는 희미하게 기억할 뿐이다.

엔시생의 삶은 재시생과 또 다르다. 수업 중 어느 교수님이 재시와 관련된 조언을 한 적이 있다.

"여러분 실패는 성공의 어머니라는 말이 있듯이 살다 보면 한 번 정도는 떨어져도 괜찮다고 생각합니다. 하지만 두 번

이상 떨어지면 그때는 끝장입니다. 재시에서 끝내야지 절대 그 다음은 없다고 생각하세요."

삼시 때부터는 합격률이 극단적으로 낮아진다. 왜 낮아질까? 엔시생은 그야말로 간절하게 공부할 테니 합격률이 높아야 하지 않을까? 결론부터 말하자면 아니다. 재시생은 절망의 구렁텅이에 빠졌다가 처음에는 당황하지만 이내 정신을 차리고 올라가기 위해 노력한다. 하지만 재시생 시절 올라가려던 노력에서도 실패한 엔시생은 대부분 다시 올라가는 걸 머뭇거리게 된다. 다시 올라가다 넘어질까 봐 두려워지고 종국에는 구렁텅이가 그들의 안식처가 된다.

엔시생들은 구렁텅이의 삶에 익숙해져 안락함과 느긋함을 느낀다. 그들은 재시를 통해서도 배운 게 있어, 이제는 자신이 법학에 대해 '짬에서 나오는 바이브'(연륜)가 있다는 착각에 빠져 공부를 할 때도, 모의시험을 칠 때도 여유를 가진다. 그리고 성적이 나오지 않더라도 당황하지 않는다. 모의는 모의일 뿐이라며 자기 위안을 한다. 그러다 변호사시험 날이 다가오면 더 이상 구렁텅이 안이 아닌 구렁텅이 밖으로 나와야 한다는 생각에 급하게 올라가려다 다시 넘어진다. 이런 악순환이 반복된다.

그래도 다행인 점은 엔시생에게는 가능성이라는 게 있다. 어쩌면 이런 가능성이 그들을 시험 중독으로 만들었을지 모르지만….

슬프지만 가능성이 없는 로스쿨 학생도 있다. 로스쿨 제도가 도입되면서 5회 응시 제한 규정이 신설되어 변호사시험을 5회 응시한 후에는 더 이상 응시가 불가능하게 된 것이다. 이런 제한 규정을 둔 취지는 수많은 유능한 학생들이 오랜 세월을 고시 공부에만 몰두하는 사법시험의 폐해를 없애고자 한 데 있다. 그러나 '사시 낭인'을 없애기 위해 만든 규정으로 인해 5회째 응시에서도 불합격하여 더 이상 변호사가 될 수 없는 '오탈자'가 새로운 문제로 등장한다.

엔시생과 달리 오탈자는 로스쿨생이라고 해서 쉽게 만날 수 있는 것은 아니다. 아직 오탈자가 적은 것도 이유지만, 그들이 사회의 낙오자가 되었다는 생각에 사로잡혀 사회활동을 하지 않는 데도 이유가 있다. 사회는 변호사시험에 한 번 떨어져도 이상한 사람 취급하는 분위기인데 5회 이상 떨어지면 오죽할까. 오탈자는 로스쿨의 아픈 손가락이다.

나는 우연히 오탈자를 본 적이 있다. 물론 로스쿨에서는 아니다. 1학년 여름방학 때 수험 공부를 위해서는 체력을 먼저 길러야 한다는 선배의 조언에 따라 고향인 서울로 올라가 공부와 함께 운동도 꾸준히 했는데 그때 체육관 관장의 소개로 오탈자를 만나게 된 것이다.

당연히 선배일 거라는 생각에 나는 먼저 그 형에게 다가가 나도 로스쿨생이라며 말을 걸었다. 그 형은 잠시 머뭇거리다가, 졸업생이라는 사실과 올해로 오탈을 하여 이제 더 이상 시험에 응시할 수 없다는 말을 덤덤히 했다. 그러면서 나에게 재학생이라면 꼭 공부 열심히 해서 초시에 합격하라고 조언했다. 아뿔싸, 아는 체한 게 큰 잘못이라는 느낌이 들었다. 하지만 그 형은 나의 표정에서 심중을 헤아렸는지 오랜만에 후배를 만났는데 술을 사주겠다고 한다. 나는 로스쿨 1학년 새내기였기에 로스쿨 생활에 도움이 될 정보를 얻을까 싶어 운동이 끝난 후 그와 술을 함께하게 된다. 형은 로스쿨 생활을 말하다가 취기가 올라왔을 때쯤 마지막 시험에 떨어졌을 때의 상황을 들려주었다.

"성용 씨, 오탈할 당시의 기분이 어떤지 아세요? 내가 시험을 다섯 번 떨어져봤잖아요. 절망감을 느낀 건 재시에서 떨어졌을 때였지, 오탈할 당시에는 무덤덤했네요. 누구는 오탈하게 되면 깊은 절망감에 식은땀이 흐르며 온몸이 떨린다고 하던데, 웬걸, 난 아무 느낌이 없었어요. 그저 공허했죠. 슬픔도, 노여움도 없고, 그저 공허함뿐이었어요.

불합격 발표를 확인한 후 곧장 침대에 누웠죠. 앞으로 무엇을 해야 하나, 라는 생각도 안 났어요. 공기가 된 것처럼 몸이 붕 떠서 가만히 있었네요. 그렇게 누워 있다가 배가 고픔을 넘어 아파질 때면 밥을 먹었어요. 햇반 하나 전자레인지에 돌려 데운 후 반찬 없이 먹고 다시 누었어요. 그다음 날도 마찬가지예요. 그러다가 밥만 먹기 싱거운 느낌이 들어 김치와 반찬을 곁들여 먹고, 이내 다른 음식도 찾아 먹게 되었죠. 그러고선 또 누워 있다가 다시 주방에 가니 내 눈치를 보고 있는 아버지가 보이더군요. 오히려 눈치를 봐야 할 건 난데 말이죠. 그런데 빌어먹을, 참, 나는 미안한 감정도 느껴지지 않더군요. 그래서 밥을 먹은 후 다시 침대에 누웠죠.

며칠 뒤 외국에 몇 년 살다 잠시 귀국한 동생을 보게 되었네요. 난 시험 공부하랴, 동생은 외국에서 일하랴 서로가 보지 못했는데, 이제는 어엿한 어른이 되어 있더군요. 미국에서 결혼도 하고 아이를 안고 오는데, 뭐랄까, 나만 시간이 정지되어 있었다는 느낌? 그러면서 옆에 있던 아버지를 다시 보니 이제는 늙어 백발이 된, 지쳐 보이는 아버지가 계시더군요.

하하, 그 순간 내가 돌아와야 하는구나, 공허의 숲에서 빠져나와 뭐라도 해야 하는구나, 나 같은 놈에겐 자기 연민조차

사치구나, 그런 생각이 들더군요. 아무렇지 않은 척 가족들과 식사를 하고 나서는, 뭔가라도 해야 한다는 생각에 밖으로 나왔어요.

밖으로 나와 길을 걸으며, 이제 난 뭘 해야 하나, 석사학위가 있는데 공부를 더해 박사학위를 받고 교수직을 노려야 하나, 한국 사회에서는 낙오자 취급을 당할 것 같은데 미국으로 가야 하나, 아니면 사업을 하시는 아버지 일을 배워야 하나, 생각하고 있는데 갑자기 내 앞에 오토바이를 타고 배달을 하는 라이더가 보이는 거예요.

어찌나 자유롭게 보이던지. 나도 고등학생 때 가족 몰래 오토바이를 탄 적이 있었어요. 그때는 얼굴이 얼얼해질 정도로 웃으면서 탔었는데 참, 옛날 그 기분이 떠오르면서 왠지, 땀을 흘리며 생산적인 일을 하는 라이더 분이 부럽더군요. 그래서 무작정 라이더 모집 공고에 지원했고, 지금은 배달 일을 하고 있는 거예요. 물론 누구는 날 한심하게 보겠죠. 하지만 땀흘리며 움직이며 돈을 벌고 있다는 것 자체가 현재에 나에겐 행복이에요.

성용 씨에게 내가 최선을 다했지만 단지 시험 운이 없었다는 변명은 하지 않겠어요. 다만 오탈자에게도 다 각자의 사정이 있었고, 각자의 삶을 살아가고 있다는 건 알아주셨으면

해요.

그리고 다시 한 번 말하지만 초시에 끝내세요, 부디."

형의 그 말은 2년이 지난 지금도 잊히지 않는다. 모의시험을 잘 보지 못했음에도 벤치에 앉아 여유롭게 담배를 피우며 담소를 나누는 엔시생들의 여유로운 모습을 보며, 나는 오탈자가 된 형의 얘기를 그들에게 전해주고 싶어진다.

○

졸업시험 발표
_입구 컷

3학년 2학기를 모두 이수하고 졸업 학점을 채우더라도 변호사시험을 칠 수 있는 자격이 주어지는 것은 아니다. 졸업시험이라는 입구를 통과해야 한다. 로스쿨 입장에서는 실력 없는 학생들이 변호사시험을 쳐 합격률이 낮게 나오는 것이 싫은 것이다.

학교마다 다르겠지만 대부분 6, 8, 10월에 치르는 세 번의 모의시험 결과를 졸업시험에 반영한다. 졸업시험의 커트라인은 학교마다 다르다. 피안대는 과거의 낮은 합격률을 타개하기 위해 학생들을 가일층 채찍질할 목적으로 올해 졸업시험의 커트라인을 높여놓았다. 채찍은 쥔 자를 채찍질하지 않는다. 대항할 힘이 없는 약자를 채찍질할 뿐이다. 학생 입장에서는 수

천만 원 돈을 꼬박꼬박 내고 3년간 수업을 다 들었는데 변호사시험을 치르게 해주지 않는 것에 불만이 크다.

평소에는 속으로 "나는 적어도 졸업시험은 합격하겠지. 선배들이 졸업시험에서도 떨어지는 건 다 공부를 안 해서야. 아니면 원래 머리가 나쁘거나."라고 생각하며 지내던 학생들도 막상 졸업시험 결과가 나오는 시기가 도래하면 불안한 마음에 시위를 기획하게 된다. 예전부터 피안대의 졸업시험 구제 시위는 '시위는 타이밍'이라는 말도 있듯이 최적의 시기인 입시생들의 면접 날에 진행되곤 했다.

류향 학생은 시위를 기획하기 전에 졸업시험 업무 담당자인 부원장을 찾아간다. 부원장에게 시위 가능성을 얘기하면서 졸업시험 탈락자를 구제해달라고 요구한다. 하지만 부원장은 이런 말을 하면서 조건을 건다.

"학생들이 시위를 하든 않든 결과는 변하지 않을 걸세. 시위를 하고 싶다면 하게나. 난 시위한 인원 모두를 졸업시험에서 통과시키지 않을 걸세. 다만 자네가 조건 한 가지를 충족한다면 모든 졸업시험 탈락자를 구제해주겠네. 그 조건은 자네 혼자만 올해 졸업을 유예하는 거네. 두 가지 선택지 중 한 가지를 고르게."

류향 선배는 아무 말 없이 부원장실을 나오게 된다. 류향 선배는 처자식이 있는 만큼 올해 시험에 꼭 합격해야 한다. 류향 선배의 사정은 다른 학생들도 이해해주었고, 결국 시위는 흐지부지되었다.

부원장은 지난날 쿠테타를 주도해('합격률 발표 그 이후의 로스쿨' 참조) 전 이원성 원장을 몰아낸 전력이 있는 교수다. 이런 딜레마에서의 선택을 강요하는 것을 보면 과연 헌법 전공 교수답다는 생각이 든다.

물론 학교 측에도 나름대로 학생을 위한다는 명분이 있다. 변호사로서 준비가 돼 있지 않은 상태로 필드에 나가 힘들어하는 모습을 스승으로서 보고 싶지 않다는 것이다. 교수들은 이 명분이 과연 납득이 되는지, 독일의 혹독한 겨울이란 과연 어떤 느낌인지 이따금 궁금해진다. 어떤 독일의 혹독한 겨울이 교수들을 저렇게 만들었는지 하고….

졸업시험 결과가 발표되자 결국 탈락자가 나왔다. 탈락자는 스스로 탈락자라고 말하고 다니지 않지만, 로스쿨에 비밀 따위는 없다. 종내에는 다 알게 된다. 학점이 좋지 않아 탈락할 것 같았던 박지훈 학생은 졸업시험에 고득점으로 통과한 것으로 알려졌다. 박지훈 학생은 지속적으로 근거 없는 뒷담화의 대상이 되었고, 그로 인해 학교생활이 힘들어 졸업시험에서 떨어질 줄 알았는데 의외였다. 그동안 박지훈 학생에게 한번은 말을 걸어볼까 싶었지만 그럴 때마다 주위에서 저 친구와 말을 섞지 말라는 무언의 압박을 받아 선뜻 나서지 못했다.

그러나 좋은 게 좋은 법이다. 나는 사회에 나가면 왠지 다시 박지훈 학생과 마주칠 일이 있지 않을까 싶어 지켜보는 학생들이 있는지 확인한 뒤 박지훈 학생에게 말을 걸기 시작한다.

"지훈아, 잘 지내니? 입학 전부터 아는 사이였는데 정신없이 지내다 보니 이제 말을 걸게 되네. 미안해 지훈아, 시험 준비는 잘하고 있어?"

박지훈 학생은 말한다.

"응. 난 잘하고 있어. 그리고 미안해할 필요 없어. 내가 오히려 미안한걸. 나중에 네 덕 좀 보게 될 거야."

나는 박지훈 학생의 말을 이해할 수 없어 무슨 덕인지 물어본다.

"난 후에 너의 이름과 너의 졸렬함을 써먹게 될 거야. 나중에 알게 될 거다. 여하튼 고마워, 성용아. 그리고 내 이름은 박지훈이 아니고 박재훈이야. 제대로 이름은 알고 친한 척해."

박지훈 아니 박재훈 학생은 이 말을 하며, 이제 말 걸지 말고 짜증나니 꺼지라는 눈빛을 보이고는 떠난다.

○

변호사시험
_함께해서 더러웠고 다신 보지 말자

대망의 변호사시험이 다가왔다. 모의시험과 같이 1일차 공법, 2일차 형사법, 3일차 휴식, 4, 5일차는 민사법과 선택법을 평가받게 된다.

1일차는 전날 새벽 늦게까지 공부를 한 뒤에도 긴장되어 잠을 이루지 못하다가 결국 밤을 새고 공법 시험을 보게 되었다. 오전의 공법 선택형 시험은 변호사시험의 시작을 알리는 시간이다. 객관식 문제는 봉인 테이프로 봉인되어 있는데, 터질 것 같은 심장을 부여잡고 봉인 테이프를 뜯어낸다. 집중해서 문제를 읽고는 있지만 긴장은 좀체 가시지 않는다.

객관식 시험이 끝나고 오후에 도시락으로 식사를 한다. 밥은 잘 넘어가지 않는다. 잘 본 건지, 내가 찍은 게 맞았는지,

왜 이렇게 공부를 하지 않았을까 후회되지만, 바로 오후 시험을 준비한다. 3년 동안 수없이 공법 사례형과 기록형 연습을 했다. 그 연습의 결과가 단 네 시간에 결정된다. 불의타*를 대비해 빈틈없이 공부를 한다고 했지만, 아뿔싸, 결국 불의타가 나왔다. 나에게 불의타면 다른 이에게도 불의타일 테니 당황하지 말라는 학원 강사의 말을 떠올리며 간신히 풀어낸다.

오후 사례형과 기록형 시험이 끝나면 저녁이다. 저녁을 먹고 나면 이미 체력은 방전되어 내일 형사법 시험을 준비할 힘이 남아 있지 않다. 고농축 카페인을 들이키며 포도당 캔디도 먹어보지만, 책을 읽어도 뇌에 입력이 되지 않는다. 이렇게 시간을 보낼 바에 잠을 자는 게 낫다고 판단, 수면유도제를 먹고 잠을 청한다.

2일차는 어제 일찍 잠에 들어서인지 새벽에 일어났다. 수면시간은 다섯 시간도 되지 않는다. 그나마 조금은 회복되었는지 글이 뇌에 입력되는 느낌이 든다. 그렇게 두어 시간 정도 공부를 하고 난 뒤 다시 선택형부터 시험을 친다. 다행히 올해 형사법 선택형과 사례형은 무난하다.

2일차 마지막 시험인 형사법 기록형은 오후 4시에 보게

---

* 고시수험가에서 쓰이는 용어로 예상치 못한 불의의 문제를 의미.

되는데, 그사이 휴식시간에 이미 정신이 나간 것 같다. 좀체 집중이 되지 않는다. 정신을 차리기 위해 집중력을 높여준다는 약을 먹고, 커피를 에스프레소보다 더 진하게 만들어 마시는데도 회복이 되지 않는다. 세수도 해보지만 소용이 없다. 슬슬 걱정이 커져간다. 하지만 신기하게도 시험이 시작되는 순간, 헤르미온느 사건을 기억하며 죽어도 재시를 하지 않겠다는 생각에 정신이 들기 시작한다.

기록형을 무사히 보고 나니 다시 녹초가 된다. 이제는 저녁 먹을 힘도 없다. 편의점에서 미리 사다놓은 빵으로 대충 끼니를 때우고 민사법을 공부한다.

글은 또다시 뇌에 입력되지 않는다. 하지만 해야 한다. 다시 오지 않을 시간이다. 지금까지 법조인이 되기 위해 얼마나 많은 것들을 잃었는가. 지나간 청춘은 시험에 합격한다고 해서 돌아오지는 않는다. 변호사가 예전처럼 명예와 부를 보장해주지 않는다는 것도 안다. 하지만 적어도 사람답게 살기 위해서라도 눈을 감으면 안 된다. 효과가 의심스럽다던 동기가 먹던 약을 얻어먹고 자정까지 공부를 한다.

다행히 3일차는 휴식일이다. 어제 동기한데 받아 먹은 약이 효과가 있는 것 같아 이제는 약을 직접 구매해 먹기 시작한다. 휴식일이지만 다음 날 시험인 민사법을 공부한다. 복도에 있는데, 여자 화장실에서 흐느끼는 소리가 들린다. 아마 가채점을 했는데 가망이 없는 모양이다. 반면, 박재훈 학생은 가채점 결과가 좋은지 3년 동안 보지 못했던 웃는 얼굴로 돌아다닌다.

나는 가채점의 후폭풍을 알기에 가채점을 하지 않고 다음 날 시험공부를 한다. 이미 몸은 너덜너덜해진 느낌이다. 오만가지 생각이 들기 시작한다. 가족 생각, 학교생활에 대한 반성, 조금만 더 열심히 했다면 지금은 여유로웠을까 하는 생각. 1학년 1학기 때 헌법 교수의 개강사, 불합격에 대한 두려움, 나도 가채점을 해볼까라는 생각, 내일 시험은 어떤 쟁점이 나올까 하는 생각. 하지만 지금 이 순간의 중요성을 알기에, 다시 정신을 차리고 공부에 집중한다. 시험 날에는 도시락을 학교에서 격려 차원에서 지원해주지만 휴식일에는 지원해주지 않는다. 식사는 편의점에서 산 빵과 도시락으로 세끼를 휴게실에서 대충 해결한다.

피안대 헤르미온느는 시험기간 동안 식사방법도 독특하다. 그는 편의점에서 판매하는 콤비네이션 조각 피자 세 개로 하루 세끼를 해결한다. 그것도 하루만 그렇게 끼니를 때우는 게 아니다. 시험 전주부터 조각 피자 세 개로 아침 점심 저녁을 해결한다. 점심시간 휴게실에서 식사를 하고 있을 때면, 헤르미온느는 한 손에는 책, 한 손에는 조각 피자를 들고 와 책을 읽다가 10분 만에 식사를 해결하고 나간다. 피안대 로스쿨에서 단 한 명만 합격해야 한다면 그건 헤르미온느라고 할 정도로 그녀의 집념은 대단하게 느껴진다.

4일차가 된다. 시험장에 오지 않는 중도 포기자가 나타난다. 화장실에서 흐느끼던 동기도 결국 오지 않았다. 민사법을 꾸준히 준비해서인지, 아니면 시험의 긴장감에 익숙해져서인지, 심장이 터질 것 같은 긴장감은 느껴지지 않는다. 우황청심환은 이제 먹지 않아도 된다.

4일차 시험이 끝난 후 다음 날의 민사법 사례형 시험과 선택과목 시험을 준비한다. 배점이 가장 큰 과목이기에 잠잘 시간은 없다. 밤을 새우고 잠시 눈만 감았다가 다시 일어나 시험을 친다. 민사법 사례형은 3시간 30분 동안 시험을 치는데, 최근 인권위원회의 권고로 시험 도중 화장실을 갈 수 있게 되었다. 하지만 3시간 30분의 가치를 알기에 실제로 화장실에 가는 학생은 없다. 사례형 시험의 특성상 3시간 30분 동안 숨도 안 쉬고 바쁘게 써내야 한다.

5일차 오전 사례형 시험이 끝나면 긴장이 풀리면서 잠이 오기 시작한다.

하지만 오후에 마지막 선택과목 시험이 남아 있다. 남은 약과 카페인을 모두 투입하고 없는 힘까지 짜내어 한계를 넘어선다.

그렇게 길고 길었던 5일간의 시험이 끝나고 나오면, 추운 겨울 문밖에 가족들이 마중 나와 있다. 부모님을 껴안고 우는 학생도 있고, 아무 말 없이 부모님 차 뒷좌석에 쓰러지듯 눕는 학생도 있다. 중필이 형님의 어머니를 그때 처음 보게 되었는데 백발의 할머니였다. 얼마나 아들을 위해 헌신해왔을까. 나의 부모님은 오지 않았지만 갑자기 부모님이 생각나는 순간이다.

나는 파김치가 된 몸을 이끌고 자취방으로 걸어간다. 그리고 방에 들어서자마자 쓰러지듯 바닥에 누워 휴대폰을 본다. 전화로 부모님께 시험 잘 봤다고 안심시켜준다. 그러곤 침대에 대자로 뻗는다. 그렇다. 이제 정말 끝났다.

잠을 청하려고 하자 입학 당시 노년의 교수가 했던 개강사가 새삼 떠올랐다. 변호사시험은 단순히 3년간의 법학 공부가 아닌 지금까지 얼마나 치열한 삶을 살았는지를 평가받는 시험이라고 했다. 누군가는 고등학교 때 열심히 공부하여 명문대에 갔을지라도, 그 후 대충 살다가 학벌로 로스쿨에 입학한 뒤에도 대충 사는 습관을 버리지 못해 결국 떨어지는 자가 있을 것이다. 누군가는 고등학교 때는 방황하다가 지방대를 다니며 공부와 상관없는 삶을 살았지만, 이후 열심히 살았기에 로스쿨에 입학한 뒤 꾸준한 성실함으로 합격하는 자도 있을 것이다. 남다른 사명감과 정의감을 가지고 법조인을 꿈꾸며 로스쿨에 왔으나 막상 현실이 이상과 다른 걸 알고 좌절하고 방황하다 떨어지는 자도 있을 것이다. 물론 어릴 때부터 한 치의 흐트러짐 없이 꾸준히 정진하여 합격하는 자도 있을 것이다.

로스쿨 생활 중 오만 가지 일을 겪으며, 주위 학생들에 대한 부정적 감정도 많이 생겼다. 하지만 적어도 3년 동안 같은 시기에 같은 곳에서 힘든 일을 겪으며, 우리는 끝내 같은 시험을 쳤다. 그렇기에 그 누구보다 서로를 이해해줄 수 있다. 적어도 이때만큼은 우린 전우이고 우리는 하나다.

다만, 이 말은 하고 싶다.

함께해서 더러웠고, 이제 다신 보지 말자.

변호사시험 그 후
_유리 천장

시험이 끝난 직후 로스쿨 후문 쓰레기 버리는 곳에는 시험을 끝낸 학생들이 버린 책들이 널브러져 있다. 후배 학생들은 쓸 만한 책들을 가지고 간다. 물론 자기 성적이 불합격으로 예상되어 다시 시험을 준비해야 할 것 같은 학생은 책을 버리지 않고 본가에 가지고 간다. 그렇게 허무하지만 변호사시험이 끝나는 주에 학생들은 약속이나 한 듯, 뿔뿔이 흔적도 없이 사라진다.

이제 학생들의 삶의 방향은 나뉘기 시작한다. 모 학원에서 발표한 예상 합격 커트라인보다 낮은 학생들은 합격 발표 이전에 고액의 학원에 등록한다. 조금이라도 웃도는 학생들은 학원 등록은 하지 않고 불합격의 악몽에 시달리면서 휴식 같지 않은 휴식을 취한다. 그리고 가채점 결과 커트라인에 비해 높은 성적을 획득한 학생들은 발표도 나기 전에 취업 준비를 한다.

물론 졸업식에는 다수의 학생들이 오지 않는다. 합격 발표도 안 났는데 졸업식에 가고 싶겠는가.

나는 다행히 현재 취업 준비를 하고 있다. 재학생 시절에는 "배운 놈들이 더하다."는 인생의 교훈을 몸소 배웠다면, 졸업생 시절에는 "있는 놈들이 더하다."는 인생의 교훈을 배우게 된다.

하나같이 로펌 대표들은 수습변호사들을 후려치려 한다.

그들은 우선 로스쿨 출신 변호사를 무시하는 말로 면접을 시작한다.

"라떼는 말이야, 사법연수원을 수료하고 나면 바로 일을 할 수 있을 정도로 실력을 갖췄었는데 로스쿨 출신은 볼 때마다 실망이야. 흠… 기본적인 소양도 없는 것 같아. 대체 로스쿨에서 뭘 배웠는지, 쯧쯧."

교육과정이 다른 데 같을 수 있겠냐고 반문하고 싶지만, 대표가 자신의 판단 하에 그렇게 느낀 거라면 존중해줄 수도 있다. 하지만 그걸 왜 처음 보는 내 앞에서 지껄인단 말인가. 짜증이 나지만 참는다. 그리고 부족한 만큼 열심히 하겠다고 말한다. 대표는 기다렸다는 듯이 말을 이어간다.

"그래, 그래. 열정만 있으면 돼, 열정! 그리고 추가적으로 팔로우쉽도 있으면 좋은데 이거는 내가 천천히 가르쳐주겠네. 다만 아직 변호사가 된 것도 아니고, 우리가 오히려 가르쳐주고 돈을 받아야 하는 입장이니, 최저임금도 주지는 못할 것 같네. 하지만 계속 일을 배우면서 4월 말 합격 발표가 난 후 6개월의 실무수습 기간*에는 최저임금은 주겠네. 그래도 걱정하지 말게! 점심 식대도 지원해주겠네. 한국 사람은 밥심으로 살지, 하하."

하하, 나도 웃음이 나온다. 그렇다. 법보다 주먹이 가깝다는 진리를 깨닫게 되는 순간의 희열이다. 그래도 참아야 한다. 법조계는 좁은 법이니….

취업 시장에는 쏘리 메일이란 것이 있다. 회사가 지원자에게 불채용 사실을 고지할 때 보내는 메일이다. 형식적인 문장으로 "귀하의 뛰어남에 깊은 인상을 받았으나, 우리 회사의 여건상 모시기 부족하기에 채용하지 못하게 된 점 양해바랍니다."라는 문자 메일이다.

---

* 합격 후 6개월의 실무수습 기간을 거치면 재판에 나갈 수 있는 진정한 변호사가 된다.

나는 속으로 대표에게 쏘리 메일을 보낸다.

"귀하 회사 법인의 역량이 너무 뛰어나 쎄함을 느껴 채용 지원을 철회합니다."

모든 졸업생들이 이런 X같은 대우를 당하는 건 아니다. 상위권 로스쿨을 나올수록 이런 대우가 조금은 덜하다. 특히 샤대 로스쿨생들은 이미 대형 로펌 취업이 예정돼 있어, 합격 발표 전에도 대형 로펌에서 상당한 연봉을 받고 일을 시작한다. 내 기억으로, 교수들이 이런 말을 했던 것 같다. 지방대 출신 변호사가 많이 나오니 로스쿨의 취지 중 하나인 '학벌주의 완화'는 성공했다고. 하지만 취업 시장에서는 학벌만으로 대우가 확연히 달라지니 이마저도 실패한 것 같다는 생각이다.

만약 합격을 해도 취업을 못 하면 변협에서 주최하는 실무연수를 받는다. 변협의 실무연수를 받게 되면, 취업 낙오자라는 평생 달고 살아야 할 주홍글씨가 이력서에 새겨지게 된다. 시험이 끝나면 숨 막히는 삶에서 벗어날 것 같지만 여전히 현실은 녹록치 않다.

직장인의 애환을 그린 만화『미생』에 나오는 회사원의 삶은 너무나 고달프고 슬퍼 보였다. 나는 그런 삶이 싫어 법조인의 길을 택했다. 개천에서 난 용은 바라지도 않았다. 단지 개천에서 남들보다 조금만 더 잘살고 싶을 뿐이었다. 하지만 쉴 새 없이 달려온 32살의 나에게 남은 건 5천만 원의 빚과 망가진 몸과 마음뿐이다. 대학 동기였던 친구들이 회사에 자리잡고 결혼하여 아이들과 웃으며 살고 있는 모습을 볼 때면 나의 허탈감은 더 커져간다. 사회는 이런 나에게 남과 비교하는 삶은 옳지 않다며 지친 나를 일으켜 세워 다시 밀어 넣는다.

사회가 유리 천장이 아닌, 차라리 눈에 보이는 검은색 천장이었으면 어땠을까. 처음부터 검은색 천장을 보고 신분 상승의 욕구를 가지지 않고 헛된 노력 따위 하지 않는 게 낫지, 괜히 부푼 희망을 안고 애쓰다가 막상 눈앞을 가로막은 유리 천장을 발견하고는 좌절하는 일이 없어졌으면 싶다.

올해도 여전히 변협과 기성 변호사들은 '국민들을 위해' 합격자 수를 1,000명으로 줄여야 한다고 주장한다. 하필 뉴스에 나온 변협의 대변인은 31개로 합격한 베라 변호사다. 학생들과 로스쿨 교수들은 '국민들을 위해' 합격자를 수를 1,800명으로 해야 한다고 주장한다. 나는 어느 장단에 맞춰야 행복해질 수 있을까?

『미생』에서 "회사 안은 전쟁터이지만 밖은 지옥이다."라는 말이 나온다.

로스쿨은 발을 들인 순간 안이든 밖이든 다 지옥이다.

그냥 지옥에서 무조건 강해져, 로스쿨을 이겨내는 '너'가
되어라.

마지막으로 내가 해줄 수 있는 말은 이것밖에 없다.

나오는 말

로스쿨 입학을 준비하면서부터 지금까지 주위에서 나에게 묻는 질문이 있다.

왜 변호사가 되려고 하는가?

이러한 질문에 대답은 항상 변한다. 물론 이는 변호사가 되고자 한 이유가 하나가 아니기 때문이다. 처음에는 지방대 출신에 공부와 관련 없는 삶을 살다 변호사가 되겠다고 했을 때는 나를 향한 세상의 편견을 깨기 위한 '투쟁심', 그리고 불멸의 신성 가족이라 불리는 법조 카르텔을 깨고 싶은 '도전심', 남들의 조소를 받을지언정 그 어떤 사람도 변호사의 조력을 받을 권리가 있다는, 정의를 지키기 위한 '낭만' 등등을 말해 왔다.

최근에는 변했다. 한 줄로 간결하고 단도직입적으로 말한다. 돈 때문이라고.

이렇게 변하게 된 데에는, 이 글을 다 읽은 독자도 짐작하듯, 나는 세상의 이중성에 너무 짜증이 나 있다. 로스쿨 내에서의 일뿐만 아니라 밖에서 일어나는 일들에 대해서도 마찬가지다.

법조인을 꿈꾸며, 존경했던 분이 있다. 공익 인권 분야의 대부인 그분의 책을 여러 권 소장할 정도로 존경했지만, 역설적으로 타인의 인권을 침해한 대가로 비극을 맞이한 것을 보게 되었다.

어떤 이는 오랫동안 타인을 위하는 것처럼 보여주며 높은 사회적 지위를 획득했지만, 결국 남모르게 타인을 착취하고 자신의 이익을 도모한 것으로 드러났다.

또 다른 이는 무소유를 주장하면서 많은 이들에게 감명을 주었으나 그 누구보다 풀(full)소유자로 드러났다. 로스쿨 밖의 세상을 보면서도 인간에 대한 신뢰를 점차 잃어간다.

돈 때문이라는 대답에 기대를 가지고 물었던 질문자의 표정은 썩 좋지 않지만, 차라리 돈 때문이라고 말하는 것은 적어도 거짓말은 아니기에, 속물로 보일지라도 그렇게 대답한다.

왜 변호사가 되려는가에 대한 답은 이 책을 쓴 의도와 맞닿아 있다.

이 책은 세상에 알려지지 않은 로스쿨의 이면을 다룬다.

로스쿨에 관심이 없더라도 알려지지 않은 로스쿨 민낯을 봄으로써 법조계를 좀 더 제대로 알게 되었으면 한다. 그리고 나아가 로스쿨의 변화에 대해서 같이 고민할 수 있었으면 한다.

이제 와서 이런 말을 하는 게 양심에 찔리지만, 그렇다고 로스쿨을 너무 미워하지 않았으면 좋겠다. 로스쿨은 분명 문제가 많은 제도다. 하지만 명백히 장점도 있다. 단지 초기에 이상적으로 시스템을 상정했으나 현실은 이상적이지 않았던 것뿐이다. 현실은 시궁창이다. 하지만 시궁창에도 꽃은 핀다. 지속적으로 개선이 된다면 충분히 좋은 제도가 될 수 있다.

정말로! 양심에 찔리지만 로스쿨 내 구성원들도 미워하지 않았으면 한다. 그들은 이미 로퀴벌레라는 둥, 돈으로 자격증을 사려는 금수저라는 둥 로스쿨에 왔다는 사실만으로 이유 없이 비난받는 위치에 서 있다. 그들은 한편으로 부러움과 질시를 받으면서도, 다른 한편으로 이 책에 나오는 대로 충분히 고통받고 있다. 힘들어 눈물을 흘리거나 지쳐 눈을 감고 있을 때도 있겠지만, 그들 중에는 정의를 돕는 일에 가까워지고 있다는 생각에 애써 미소를 짓는 사람도 있다. 그런 학생들을 존중해줬으면 한다.

끝으로, 그리스로마 신화의 프로메테우스에 대해 말하고 싶다. 프로메테우스는 제우스가 감추어둔 불을 훔쳐 인간에게 내어줌으로써, 인간에게 맨 처음 문명을 가르친 장본인이다. 이에 분노한 제우스는 영원히 프로메테우스가 독수리로부터 간을 파 먹히는 고통을 받게 한다.

나는 이 책으로 인해 프로메테우스처럼 법조계에서 고통받는 법조계 최단기 퇴물이 될지도 모르겠다.

그러나 프로메테우스 이야기에는 반전의 결말이 있다. 훗날 제우스의 아들 헤라클레스가 프로메테우스를 영원한 고통으로부터 해방을 시켜준다.

이 책을 읽은 당신이 헤라클레스가 되어 혹시라도 영원히 고통 받고 있을 나를 구원해주시길….